D1484560

La renverse

Du même auteur

Je vais bien ne t'en fais pas
Le Dilettante, 2000 ; Pocket, 2002.

À l'ouest
Éditions de l'Olivier, 2001 ; Pocket, 2001.

Poids léger
Éditions de l'Olivier, 2002 ; Points, 2004.

Passer l'hiver
Éditions de l'Olivier, 2004 (Bourse Goncourt de la nouvelle) ; Points, 2005.

Falaises
Éditions de l'Olivier, 2005 ; Points, 2006.

À l'abri de rien
Éditions de l'Olivier, 2007 ; Points, 2008 (Prix France Télévisions, Prix Populiste)

Des vents contraires
Éditions de l'Olivier, 2008 ; Points, 2009 (Prix RTL/Lire)

Kyoto Limited Express
avec Arnaud Auzouy, Points, 2010.

Le Cœur régulier
Éditions de l'Olivier, 2010 ; Points, 2011.

Les Lisières
Flammarion, 2012 ; J'ai lu, 2013.

Peine perdue
Flammarion, 2014 ; J'ai lu, 2015.

Olivier Adam

La renverse

roman

Flammarion

Avertissement au lecteur

Si ce texte a pour toile de fond des faits comparables à différentes affaires survenues ces dernières années, relatées et commentées par la presse, il s'agit néanmoins d'une fiction romanesque, dénuée de toute valeur ou vocation documentaire. Les personnages, leurs actes, leurs pensées, leur biographie, les lieux, les situations, tout y est le fruit de l'imagination, du fantasme, de l'invention.

ISBN : 978-2-0813-7595-6

Pour Karine

La renverse : période de durée variable séparant deux phases de marée (montante ou descendante) durant laquelle le courant devient nul. Syn. : l'étale

« Je voudrais traduire cette impression que beaucoup d'autres ont ressentie avant moi : tout défilait en transparence et je ne pouvais pas encore vivre ma vie. »

PATRICK MODIANO

I

1

J'ai pris le sentier longeant les falaises. Quelques fleurs de bruyère résistaient encore, parmi les premiers ajoncs et les restes de fougères brûlées par le froid. Je suis resté un moment là-haut, le temps de griller les cigarettes qui me faisaient office de petit déjeuner, de m'emplir les poumons de goudron et d'iode congelé. Tout était parfaitement figé dans la lumière acidulée du matin. Au loin, un kayak glissait sur les eaux tout à fait lisses, d'un bleu tendre de givre, semées d'îlots où somnolaient des cormorans frigorifiés, luisants et noirs, comme recouverts de pétrole. J'ai regardé l'heure. Jacques était pointilleux sur la question. J'avais beau lui répéter qu'à cette période de l'année il n'était pas rare que personne ne passe le seuil de la librairie de la journée, il n'en démordait pas. On ne savait jamais. Il y avait toujours un petit vieux pour se pointer dès l'ouverture, et il connaissait ce genre d'énergumène, l'œil rivé à la montre et toujours prompt à se plaindre du temps perdu, bien qu'en disposant par camions-bennes. J'ai regagné la voiture, mis le contact et poussé le chauffage à fond. La soufflerie couvrait en partie le son de la radio, rendait presque inaudible le murmure des nouvelles du jour. La route longeait des champs s'échouant dans les flots immobiles, des parcelles brunes et vertes s'interrompant à l'équerre. Puis, quelques maisons s'égrenaient avant de se serrer les unes contre les autres autour d'une église et de quelques commerces, en une place où convergeaient trois rues en étoile. La première menait, d'un côté, à une plage en croissant où se retrouvaient les habitués et, en saison, les occupants des villas de famille. De l'autre, elle s'enfonçait parmi des prés jonchés de chevaux et de fermes rénovées en habitations secondaires. Si l'on poussait quelques kilomètres encore sur la deuxième, où je roulais, laissant dans son dos la guirlande de falaises, d'anses et de criques qui composaient la côte sauvage jusqu'aux confins de la baie, on aboutissait à la ville elle-même, close dans l'abri de ses remparts. R. en constituait un appendice purement balnéaire, en lisière d'un havre dont la mer se retirait tout à fait à marée basse, laissant reposer à fond de cale des dizaines de petits voiliers protégés des coups de vent et des tempêtes. C'est là que se tenait la librairie que Jacques avait fondée vingt ans plus tôt. Il m'y avait d'abord embauché à mi-temps, pour le soulager de la charge de travail que multipliaient brutalement les mois d'été. Puis à temps complet, quand des ennuis de santé l'avaient peu à peu contraint à lever le pied. Les choses s'étaient faites ainsi, naturellement, pour ainsi dire. Nous nous étions rencontrés sur la plage, où j'avais coutume de m'installer à mes heures perdues, armé de romans dont les choix avaient fini par l'intriguer. Après quelques semaines d'observation, il avait fini par engager la conversation, au sujet de Luc Dietrich si je me souviens bien, et de son *Bonheur des tristes.* Au fil des mois, nous avions pris l'habitude de nous retrouver régulièrement pour bavarder. Jusqu'à ce qu'il me propose de lui donner un coup de main à la librairie, si j'étais libre. Je l'étais plus que quiconque. J'ai commencé deux jours plus tard. Il n'y avait pas tant à faire, mais il me convenait parfaitement d'user mes journées au milieu des livres et à ses côtés. Et à lui de ne pas les passer seul, dans l'hypothétique attente de clients que la saison basse raréfiait. Il avait l'âge d'être mon père. Je n'avais plus vraiment de famille. Je suppose qu'on peut dire qu'il m'a pris sous son aile, sur la seule foi de mes lectures. Et qu'elles lui ont suffi à se faire une idée de qui j'étais et de ce dont j'avais besoin.

Je me suis garé près du bar. Trois types y sirotaient leurs cafés les yeux dans le vague. À la radio, un journaliste a annoncé la mort de Jean-François Laborde au moment précis où le moteur s'est éteint, emportant avec lui le bourdon de la soufflerie. Le nom a résonné dans le silence soudain. Étrangement, il ne m'a pas percuté immédiatement. N'a pas ouvert, à l'instant même où je l'entendais, cette brèche dans ma mémoire, cette fissure d'où allaient ressurgir tant de choses enterrées. Non. Il ne m'a dans un premier temps qu'à peine effleuré, comme s'il ne s'agissait que d'une sonorité vaguement familière mais lointaine, un peu trouble, un peu floue. N'affectant en rien les gestes que j'ai exécutés alors, tout à fait quotidiens et habituels. Tourner la clé et ouvrir la porte de la librairie, allumer les lumières, la caisse et la machine à café. Suspendre ma veste et mon écharpe à la patère accrochée à la porte de la réserve. Consulter le répondeur où ne m'attendait aucun message. Trier le courrier. Avec le recul, je pense avoir dans un premier temps érigé un mur opaque entre ce que je venais d'entendre et ma conscience. Une barrière que je souhaitais étanche, et qui me séparait d'un monde, de lieux, de gens et d'événements dont je ne voulais plus rien savoir, que j'avais fuis et enfouis au plus profond.

La matinée a passé sans événement particulier, je l'ai épuisée à lire le dernier Richard Ford dont nous avions reçu les épreuves la veille, à écouter un chanteur barbu gratter sa guitare en débitant ses trucs désespérés d'une voix rongée par l'alcool et le tabac. Deux ou trois clients sont entrés et m'ont tous réclamé le même livre, d'où j'ai conclu que son auteur avait dû faire impression la veille dans une émission quelconque. Puis je suis passé à la boulangerie m'acheter un sandwich. Comme tous les jours ou presque, pourvu qu'il ne pleuve pas, je l'ai mangé le cul planté dans le sable, guettant sur les eaux calmes la multitude de voiliers minuscules sur quoi les écoliers du coin apprenaient les rudiments de la plaisance, sous le regard de Chloé, leur monitrice, qu'on pouvait alors considérer comme ma petite amie. La mer avait rempli le havre, qui d'où j'étais se présentait comme un lac, la presqu'île s'avançant en quinconce des falaises, et par effet d'optique en fermant l'embouchure. À l'autre extrémité de la plage, les pattes dans les sables vaseux, des oies bernaches grelottaient autant que moi et finissaient par se demander si oui ou non cette coutume de descendre du Grand Nord pour se réchauffer en Bretagne en hiver était bel et bien pertinente. Moi aussi, parfois, il m'arrivait de me demander ce que je faisais là, dans cette ville, parmi ces paysages, et quelle vie je pouvais bien y mener.

Ce n'est qu'au moment d'entrer dans le bar-tabac que la nouvelle m'a vraiment heurté, qu'elle a commencé à filer le tissu du drap que je tendais depuis des années sur cette partie de ma vie. J'ai demandé deux paquets de cigarettes, salué les habitués du plat du jour, pour la plupart des commerçants du bourg. La fleuriste, le coiffeur, le vendeur de jouets de plage et de souvenirs, les serveuses de la boulangerie. Nous nous connaissions sans nous connaître. Ils vivaient tous ici comme lestés par une ancre, fermement enracinés dans les lieux et leur propre vie, quand je ne voguais qu'en surface, dérivais en demi-teinte. Au-dessus des tables, un téléviseur s'allumait sur une chaîne d'information en continu. À l'instant où j'y ai posé les yeux, le visage éminemment télégénique, dont rien ne trahissait l'âge véritable sinon le grisonnement des cheveux, la mâchoire carrée et le sourire charmeur au-dessus de la chemise blanche impeccable de Jean-François Laborde se sont figés sur l'écran. J'ai demandé qu'on augmente le volume. On annonçait son décès dans un accident de voiture. Suivait un rappel succinct de sa biographie. Homme politique affilié au principal parti de droite du pays. Ancien ministre délégué. Il était resté jusqu'à sa mort le maire de M., occupait une place de choix dans l'organigramme de son mouvement et avait annoncé se présenter aux prochaines élections sénatoriales, en vue de reconquérir un siège qu'il avait perdu huit ans plus tôt. Le journaliste est passé au titre suivant. J'ai signifié au patron qu'il pouvait baisser le son. J'étais un peu hagard : une partie de mon cerveau concevait que cette information me concernait, mais ne parvenait pas à comprendre en quoi. Fugacement, la pensée, absurde étant donné le temps accordé à l'information, qu'il n'avait pas été fait mention de ma mère m'a traversé l'esprit. Quant à savoir si ce constat était pour moi un motif de soulagement ou de colère, je n'ai pas su décider. J'ai payé mes cigarettes et je suis sorti. Dans la salle, quelques mots s'échangeaient au sujet de Laborde. Ah oui, je me souviens de lui, c'était quoi déjà, cette affaire ? J'ai pressé le pas. Je connaissais trop bien la réponse et n'avais aucune envie de l'entendre.

2

Le vent s'était levé et faisait vibrer l'air alentour. Même fermés, les volets claquaient dans un bruit mat, les poteaux électriques cliquetaient et le bruit de la mer engloutissait le reste : les aboiements épars, la rumeur des voitures rares sur la route côtière, les cris des goélands affolés. Le hameau était quasi désert. Par la fenêtre de ma chambre, je ne voyais des autres maisons que les murs opaques et les fenêtres éteintes, sous le ciel anthracite où filaient, rapides, de grands lambeaux noirs. Je vivais là depuis quatre ans maintenant. Dans l'annexe transformée en trois pièces d'un corps de ferme qu'on avait requalifié en logements. L'ensemble s'articulait autour d'une cour gravillonnée de blond. Aux alentours se dressaient d'anciennes maisons de pêcheurs. Puis la route plongeait vers le camping qu'on avait bâti sur la lande, une dune le prolongeait qui surplombait la longue plage, ruban parfait de sable doré, et tout s'achevait en parking de terre battue au bout de l'isthme qui menait à la presqu'île. On s'étonnait parfois que je vive là, seul, à mon âge. Moi-même, il m'arrivait de ne pas savoir. Aimais-je vraiment ce retrait ? Cette solitude. Et le bruit permanent de la mer. La compagnie des oiseaux. La dune et les oyats vibrant dans l'air frais du matin. Était-ce une vie ? C'était la mienne en tout cas. Pas celle que j'avais imaginée à seize ou dix-sept ans, alors que je vivais à M., dernière manifestation de la banlieue à cinquante kilomètres de Paris, avant que la campagne normande prenne le dessus et s'étende jusqu'à la mer, ne butant qu'à peine sur la ville de Rouen. Avant que tout éclate, que tout s'ouvre sous mes pieds et s'effondre.

Chloé dormait paisiblement. Sous les draps, son corps salé formait une série d'angles incompréhensibles. Je ne crois pas qu'elle m'ait trouvé particulièrement absent ce soir-là. Je l'étais toujours. Elle en riait le plus souvent. Parfois s'en agaçait. On ne pouvait rien bâtir avec moi, rien projeter. Vivre à mes côtés, c'était plonger sa main dans l'eau et la regarder filer entre les doigts. D'ailleurs, nous ne vivions pas ensemble. Elle louait un appartement dans la vieille ville et me rejoignait régulièrement au hameau. Rarement l'inverse. Le plus souvent nous nous retrouvions sur la plage, ou au détour des sentiers. Partagions un repas sur la terrasse de La Perle noire, dont les tables étaient pratiquement plantées dans le sable. Puis je l'entraînais chez moi. Nous lisions côte à côte, fermions les yeux en tirant sur nos joints, bercés par la musique. Baisions dans la nuit saturée de vent, gonflée de ressac. Nous parlions peu, en définitive. J'aimais bien sa présence. Elle s'accommodait de mon absence. Même si, vouant déjà ses jours aux grandes étendues, à la conversation muette des vagues et du ciel électrique, elle n'aurait pas craché sur un peu plus de consistance de ma part. Des voiliers qu'elle pilotait au sommeil où elle m'accompagnait, il n'y avait au bout du compte qu'une différence infime. Un jour tu disparaîtras, prédisait-elle. Un jour je me retournerai et tu ne seras plus là, tu n'auras pas gravé d'empreinte. Et je me demanderai si tu as vraiment existé.

Je suis descendu dans la cuisine. Me suis servi un whisky. Et j'ai allumé l'ordinateur. Sur la toile s'affichaient en nuée des dizaines de reprises de la même annonce, à peine remodelée sur certains sites. Il s'agissait d'une dépêche émanant de l'Agence France Presse. Jean-François Laborde était mort la nuit précédente, sur une nationale où il roulait trop vite, à moins qu'il se soit endormi au volant, les circonstances n'étaient pas clairement établies. En tout cas, il avait eu un accident grave qui n'avait pas causé d'autres victimes. Il était seul au volant et s'était éteint dans l'ambulance qui tentait de le mener à l'hôpital le plus proche. L'article mentionnait son âge, son parcours universitaire et déroulait sa carrière politique. Maire, puis sénateur (plus jeune membre de l'Assemblée lors de son premier mandat, il avait cependant échoué à en abaisser sensiblement la moyenne d'âge), proche conseiller d'un ancien ministre de premier plan dont il avait contrôlé la communication quand celui-ci s'était mis en tête, et en vain, de briguer l'investiture de son parti à l'élection présidentielle, ministre délégué furtif dans le premier gouvernement du président finalement élu, fonction dont il avait dû démissionner à la suite d'accusations graves, une obscure affaire de mœurs, qui l'avait poussé en justice et s'était soldée par un non-lieu. Présenté ainsi, l'ensemble demeurait nébuleux. Ma mère n'était pas citée nommément, mais apparaissait au détour d'une phrase sous son titre d'adjointe. Il était précisé qu'elle avait, elle aussi, été mise en examen dans le cadre du scandale. Quant aux plaignantes, Celia B., Lydie S., je n'en trouvais nulle trace. Il fallait cliquer sur des liens que *Le Monde* proposait en complément pour voir apparaître leurs noms, au cœur d'articles anciens, où il était question de l'instruction, des progrès de l'enquête et, plus en amont, de l'affaire elle-même, de sa révélation à sa conclusion.

J'ai éteint l'ordinateur, saisi la bouteille de whisky et enfilé ma veste. Dans mon dos, la porte s'est refermée en un claquement amorti et je me suis enfoncé dans la nuit. Je ne saurais dire, de l'alcool ou du vent qui me frappait par paquets, ce qui me saoulait le plus. Passé la dune, sous les ombres endormies des mobile-homes déserts, la mer se débattait et s'épuisait dans une rage inutile. Elle finirait par se retirer. Au large, l'île se découpait comme un sein sur la toile cirée du ciel. Je me suis laissé tomber dans le sable humide. Comme attendant que la marée monte. Et emporte avec elle le visage de Laborde. Et celui de ma mère. J'ai fermé les yeux. À cet instant, j'aurais tout donné pour voir se dessiner sous mes pupilles les traits de mon frère. Sa silhouette d'alevin et ses cheveux si clairs qu'au soleil ils devenaient blancs, la finesse de son visage étroit et pâle. Dont je peinais à me souvenir. Qu'il m'était impossible de me figurer, dix ans après l'avoir vu pour la dernière fois, et alors qu'il n'était qu'un adolescent. Était-il toujours là-bas, dans ces rues couvertes de neige, ces contrées glacées qui se cognaient à l'autre rive de l'océan ? Quelle vie y menait-il ? Je n'avais plus eu de ses nouvelles depuis plusieurs mois maintenant. Et Laetitia ? Qu'était-elle devenue ? Elle était sortie de ma vie sans même que je m'en aperçoive. Comme le prédisait Chloé à mon propos, un jour je m'étais retourné et elle n'était plus là, elle m'avait laissé seul, égaré dans un paysage de ruines où je n'avais aucun refuge. J'ai bu une autre gorgée. On enterrerait Jean-François Laborde à M. dans trois jours. Il y aurait une cérémonie. On attendait de nombreuses personnalités politiques. Un instant, l'idée que Laetitia puisse s'y rendre m'a traversé l'esprit. C'était absurde, mais enfin : c'était sa fille, après tout. Et si ce genre de considération ne signifiait plus rien pour moi depuis longtemps, il en allait autrement pour la plupart des gens. Pour nombre d'entre eux, aucun motif sérieux ne pouvait s'opposer, en dernier ressort, au fameux : mais c'est ta mère, tout de même. C'est ton père, ton frère, ta sœur… Qu'entendait-on par là, je ne voulais pas le savoir. Je me suis levé et j'ai regagné la maison. J'aurais voulu que le vent me lave de toute cette merde. Et fasse de moi une surface neuve, une enveloppe tout à fait vide.

3

M. était une ville banale, jouxtant d'autres villes semblables, avant de s'échouer dans les champs et les forêts. Litanie de façades crépies, de pierres meulières et de jardins clos, balançoires et jouets d'extérieur en plastique coloré, barbecues et garages attenants, enfilades de rues calmes convergeant vers un centre-ville assoupi. Composition classique de pavillons dépareillés et de lotissements reproduisant à l'infini les mêmes maisons mitoyennes oscillant entre le beige et le rose, ceinturée par les zones d'activités et les grandes surfaces attenantes, bordée d'ensembles HLM clos sur eux-mêmes, comme séparés du reste de la ville, reléguant leurs habitants aux confins de ce qui déjà n'existait qu'en tant qu'orée, à la périphérie d'une périphérie. Nous étions quarante mille ou un peu plus à vivre là, à quelques kilomètres d'une campagne verdoyante et pluvieuse, pourtant insoupçonnable, à moins d'une heure d'une capitale qui me semblait alors inaccessible, abstraite, beaucoup plus lointaine qu'elle ne l'était en réalité. La ville entière hésitait. Entre certaines de ses voisines, moins privilégiées, où les grands ensembles avaient tout englouti, où la moindre étincelle menaçait de se muer en incendie, et les dizaines de villages plantés parmi les prés et les zones arborées, dont le calme et l'ennui paisible, les possibilités immobilières et le charme provincial, la nature environnante et la relative proximité des côtes normandes constituaient aux yeux de beaucoup des atouts indéniables. Des populations aux aspirations et conditions contradictoires s'y mêlaient. Certains s'y sentaient relégués, n'y vivaient que faute de mieux, par insuffisance de moyens financiers et obligation professionnelle. Les plus fragiles y crevaient à petit feu, minés par la pauvreté et le chômage. D'autres cependant s'y plaisaient véritablement, aspiraient au pratique et à la propriété. Aux centres commerciaux et aux espaces naturels aménagés. Au jardin individuel et aux relations de voisinage par-dessus les clôtures. Aux week-ends champêtres ou pourquoi pas maritimes. À quelle catégorie appartenaient mes parents ? Aujourd'hui encore, je ne saurais le dire. Sans doute mon père se fondait-il sans encombre dans cette vie sans relief particulier, répétitive et conventionnelle. Les soirées télé après le boulot. Les week-ends à Ikea ou dépensés en bricolage et réparations divers, entretien de la pelouse et des arbustes, courses au supermarché, balades à vélo et, plus rarement, cinéma au multiplex. La tranquillité qu'il pouvait goûter chaque soir après sa journée de travail à Paris et son trajet de près d'une heure en TER. La routine et le repos. Son sacro-saint calme :

qu'on lui foute la paix avait toujours constitué le cœur de son programme. Rien ne l'irritait tant que ce qui le troublait. Le bruit d'une mobylette dans la rue. Les effusions des gamins d'à côté se disputant un ballon de basket. Nos chamailleries avec mon frère. Nos « jérémiades ». Notre existence même. Un rien suffisait à l'extirper de ses gonds. Il ne lui fallait pas grand-chose pour nous hurler dessus ou nous menacer d'un coup de pied au cul si nous ne cessions pas immédiatement de l'emmerder. Mais je déforme peut-être. La mémoire est la chose la moins fiable qui soit. Surtout la mienne. Sans doute nous aimait-il à sa manière, même si je ne me souviens pas qu'il l'ait jamais dit, encore moins montré. Sans doute se laissait-il parfois déborder par la fatigue et, même si j'en ignorais alors la nature, l'existence même, par les soucis que lui causait déjà notre mère. Sans doute n'était-il pas en permanence le père froid, distant, irritable que je garde en mémoire. Et si je creuse un peu dans mes souvenirs me reviennent des images plus insouciantes, des parties de football qui dégénéraient en rugby puis en fous rires tandis que nous tentions mutuellement de nous arracher le ballon des mains, des promenades à vélo qui se muaient immanquablement en parodies du Tour de France, et toujours il rayonnait de nous semer dans les côtes, des chamailleries banales entre père et fils au milieu du bassin de la piscine municipale, des soirées à hurler tous ensemble devant le téléviseur, insultant l'arbitre ou les défenseurs brutaux de l'équipe adverse. Mais ces images ne fissurent qu'à peine celle que je garde de lui, et qui les recouvre presque entièrement. Celle d'un homme qui nous inspirait, à moi et à mon frère, la peur sourde et permanente de le voir se mettre en colère, contre nous et sous le moindre prétexte. J'imagine aussi qu'il voulait notre bien avant toute chose. Nous éduquait selon des préceptes et des valeurs qu'il avait lui-même hérités de son propre père : droiture, obéissance, rigueur et respect de l'autorité. Se rendait chaque jour à son travail avec la conviction de se sacrifier pour ses enfants. Et pensait sincèrement que grandir dans cet environnement constituait pour nous une chance qui en valait la peine, préservés de ce qui constituait, dans son esprit, les dangers de la ville. Certes, M. accueillait, bien qu'en ses marges, de grands ensembles HLM où vivaient ceux qu'il ne désignait jamais autrement qu'en fonction de leur origine ou de la couleur de leur peau, ou sous le vocable de « racaille » – et même si, d'un secteur de la ville à un autre, rien ne communiquait véritablement, c'était encore trop à ses yeux. Mais nous y bénéficiions d'une maison, certes modeste, mais confortable et fonctionnelle, située dans un quartier où vivaient tous nos camarades de classe, où l'on pouvait circuler à vélo en toute sécurité, se rendre d'une maison à l'autre sans crainte et même, si l'envie nous en prenait, jouer au football ou patiner dans les rues « réservées aux riverains » qui bordaient l'alignement de pavillons identiques au nôtre. Où l'on pouvait, aussi, suivre une scolarité garantie par la carte en vigueur et son système parfaitement rodé de ségrégation sociale et ethnique.

Quant à ma mère, j'ai longtemps cru qu'elle s'y plaisait autant que lui. Mais peut-être, au fond, jouait-elle un rôle. Pour quel public et quels motifs, cela reste pour moi un mystère. Sans doute s'était-elle composé un masque, un costume, dont toutes les coutures ont fini par craquer. Aurais-je dû le voir plus tôt ? Présentait-elle des signes avant-coureurs ? Avec le recul, je serais tenté de répondre que oui. J'en ai accumulé des preuves. Mais, bien sûr, c'est à la lumière des événements qui ont suivi, de ce que j'ai appris année après année, que je la revois maintenant. Et tout ne m'apparaît plus que comme une farce grotesque et tragique. Son visage, une parodie grimaçante. Ses sourires et ses bonnes manières, un crépi grossier, pareil à celui qui tapissait les murs des maisons trop neuves de notre lotissement, qui dix ans après leur construction paraissait déjà usé et s'effritait par endroits, laissant à nu les parpaings malades qui en constituaient la véritable matière.

4

Ma mère était jolie. Elle n'était pas d'une beauté stupéfiante, irréelle, mais elle était jolie. Conventionnellement jolie. Plutôt grande. Mince. Longs cheveux noirs lissés. Grands yeux bleus. Des traits fins et réguliers. Une peau saine et entretenue. Toujours apprêtée, discrètement maquillée. S'habillant avec soin, dans des teintes neutres, et adoptant des vêtements aux coupes classiques mais précises, taillés dans des tissus de qualité. Son allure tranchait. Dans les rues du lotissement, dans celles qui faisaient office de centre-ville, devant l'école où elle venait nous attendre quand nous étions petits, dans les allées du centre commercial, on la remarquait, je crois. Elle était la « maman parfaite ». La « jolie maman ». Mes camarades, ceux de mon frère Camille, la qualifiaient ainsi. Elle est jolie, ta maman. Et je crois pouvoir dire qu'elle bénéficiait de ce simple fait, et avant même de rencontrer Jean-François Laborde et de devenir sa plus proche collaboratrice, d'un certain ascendant sur les autres mères de famille du quartier. Quant aux pères, j'imagine qu'ils la regardaient avec une certaine envie, mêlée d'intimidation. D'autant qu'au soin qu'elle prenait de son allure, légèrement déplacée dans l'environnement parfaitement banal où elle évoluait, s'ajoutait le peu que l'on savait d'elle. On murmurait qu'elle avait été modèle, actrice, qu'elle avait tourné dans des films de cinéma, qu'on l'avait vue à la télévision. Tout cela était vrai, quoique dans des proportions plus modestes que ne le laissait deviner la position dont elle bénéficiait parmi nos voisins. Pour ce que j'en savais, ma mère avait effectivement eu des velléités d'actrice et de mannequin avant de rencontrer mon père, de se marier et d'embrasser la carrière de mère au foyer. Elle avait posé pour les pages vêtements d'un célèbre catalogue de vente par correspondance. Elle avait tourné dans une publicité qui avait été largement diffusée à la télévision. Et dans un film où elle ne faisait qu'une apparition, lequel avait disparu de l'affiche aussitôt sorti et n'a jamais fait l'objet d'aucune édition vidéo, si bien que je ne suis jamais parvenu par la suite à mettre la main dessus, à en apercevoir plus que la bande annonce bizarrement consultable sur YouTube, sûrement mise en ligne par un fétichiste des nanars oubliés, et dont elle était absente. Cependant, je donne sans doute ici une version exagérément sereine du statut qu'occupait ma mère dans notre quartier. Certes, elle bénéficiait, de par son physique, sa façon de s'habiller, de se tenir, de parler même, d'une aura particulière. Mais je suppose qu'elle faisait aussi jaser. Qu'elle agaçait. Qu'on la jalousait ou la méprisait. Cela devait se conjuguer sur le mode du : mais pour qui elle se prend celle-là ? Sans compter les fantasmes que devait susciter la rumeur, du reste fondée, selon laquelle elle apparaissait nue à l'occasion d'une scène de lit dans le fameux film de série B où on l'avait aperçue. Pourquoi avait-elle mis fin à ce parcours embryonnaire dans la publicité et le cinéma, je n'en savais rien à l'époque. Ni dans quelles conditions. Quoi qu'il en soit, elle n'en concevait jamais devant nous la moindre amertume. Elle en parlait comme d'un épisode regrettable de sa jeunesse, une passade, un peu futile, un peu idiote. Un égarement. Ce n'était pas pour moi. Ce n'était pas un milieu pour moi, précisait-elle, laissant entendre par là qu'elle en réprouvait le mode de vie, les valeurs, les excès – elle tenait d'ailleurs les actrices et les top-modèles, et tout ce monde en général, pour un repaire de drogués et de désaxés. Voilà tout ce qu'elle en disait. Sans jamais laisser filtrer le moindre regret, la moindre frustration. Je suis bien heureuse comme ça. Avec votre père. Avec vous. Bien au chaud dans notre maison. Je prenais ces paroles pour argent comptant. Pourquoi les aurais-je mises en doute, après tout ?

J'ignorais alors également dans quelles circonstances elle avait rencontré mon père. Ce qui avait bien pu la séduire chez lui – mais sans doute, là encore, n'avait-il pas toujours été l'homme que je connaissais, sans doute avait-il été quelqu'un d'autre avant ça, avant que la glaise du quotidien, l'usure et le poids des choses ne le lestent. Peut-être avait-il été un jeune homme plein de charme et de fantaisie, de légèreté, d'allant, de douceur et de joie de vivre.

Même si c'est difficile à croire. Comment avait débuté leur histoire ? Comment s'étaient-ils retrouvés à vivre à M., dans ce petit pavillon crépi de rose, mitoyen de deux autres pareils, parmi une centaine d'autres identiques encore, s'alignant en impasses et allées circulaires en bordure d'un square arboré et équipé d'une aire de jeux pour les enfants ? Elle s'occupant de nous et de la maison, assurant le ménage et les courses, les devoirs et les allers-retours entre l'école et les activités, les réunions de parents d'élèves et les goûters d'anniversaire où nous étions conviés, remplissant le temps qui lui restait libre en thés ou cafés chez l'une ou l'autre de ses voisines, en lectures de romans du moment et en activités diverses se succédant au fil des années (il y eut plusieurs ateliers d'art plastique, un autre de yoga et un cours de patchwork), se rendant à la messe chaque dimanche matin et s'impliquant dans la vie de la paroisse. Toujours appliquée, toujours débordée, toujours préoccupée par quelque question pratique. Ne s'autorisant aucune légèreté, aucune fantaisie, ne souriant que par politesse, totalement dénuée d'humour, ne quittant jamais son costume de mère parfaite. Lui partant le matin en TER pour la gare Saint-Lazare puis le quartier de l'Opéra où se situait son bureau, au sein de la grande compagnie d'assurances où il occupait une position de « cadre » dont je n'ai jamais compris la nature exacte, non plus que son rôle et ses attributions. Rentrant le soir, irritable et éreinté, quittant son costume pour une tenue plus confortable, jean et sweat-shirt, et se plantant devant la télévision en attendant que ma mère sonne l'heure du repas. Non, je n'ai jamais rien su de ce qui les avait menés à vivre ensemble cette vie-là. Je ne les ai, ni l'un ni l'autre, jamais interrogés sur ces sujets. Et ils n'étaient pas du genre à s'épancher devant leurs enfants. Nous n'avions pas ce type de conversation. Quelque chose me disait qu'à leurs yeux ce n'était pas « convenable ». Écrivant cela je mesure d'ailleurs combien déjà, avant même la renverse, nous nous parlions peu, en dehors des aspects pratiques de la vie que nous menions côte à côte. Je mesure combien sous ses abords banals nous formions une famille singulière, désertée par la joie, plombée par l'esprit de sérieux, glacée par une tristesse diffuse, indéfinissable, figés dans une réserve et une pudeur maladives, qui interdisaient toute étreinte, toute confidence, toute tendresse manifeste, toute intimité réelle. De toute façon, tout allait de soi à mes yeux. Comme tout va toujours de soi pour les enfants. Les lieux dans lesquels ils vivent. Le couple que forment leurs parents. Rien ne leur paraît vraiment étrange ni déplacé, ni simplement questionnable. Évidemment, aujourd'hui, je ne peux pas m'empêcher de penser que quelque chose clochait. Que mes parents formaient un couple mal assorti. Que si la vie qu'ils menaient convenait parfaitement à mon père, qui ne demandait rien d'autre à l'existence, à qui je n'ai jamais connu de passion ni de centre d'intérêt particulier, ni même de frustration identifiable, qu'elle soit professionnelle ou personnelle – encore que cette version soit sujette à caution, l'exaspération constante, la colère rentrée que j'ai toujours connues sur son visage signifiant assez bien ce qu'il y avait de déception et d'aigreur en lui –, ma mère y jouait un rôle de composition, se mentait à elle-même et y étouffait. Mais à l'époque rien de tout cela ne m'apparaissait. Je ne sais s'il en allait de même pour Camille. S'il avait flairé quelque chose, si déjà à cette période il regardait tout cela avec un peu plus de recul ou d'intérêt. Nous ne parlions de nos parents que pour nous plaindre des punitions et restrictions qu'ils nous infligeaient, des injustices dont nous pensions être victimes, de leur incapacité à nous comprendre, à dialoguer même, de l'ennui qu'ils nous inspiraient, de leurs goûts et de leurs idées de vieux. Comme tous les adolescents du monde. Nous nous jurions de ne jamais leur ressembler. Mais jamais nous n'interrogions ce qu'ils étaient l'un et l'autre. Ni le couple qu'ils formaient. Et la vie qu'ils avaient choisi de vivre ensemble. Nous étions pareils à des milliers de familles. Nous cohabitions. Partagions le quotidien, nous répartissions les rôles et les tâches. Mais y avait-il quelque chose au-delà ? Je ne connaissais pas mes parents. La suite l'a prouvé. Je les prenais tels qu'ils se présentaient. Mon père dans son conformisme absolu, son côté archétypal des classes moyennes banlieusardes, teinté néanmoins d'une petite touche personnelle que je n'entrevoyais pas chez ceux des copains, et que lui donnait son caractère dur et tranchant, colérique et autoritaire, comme sorti d'une autre époque. Ma mère toujours préoccupée du qu'en-dira-t-on (et je mesure bien sûr aujourd'hui l'ironie de la chose), des apparences, la sienne en premier lieu, qu'elle contrôlait, aussi bien physiquement que socialement. Parent d'élève impliquée. Voisine serviable. Catholique studieuse. Mère de famille exemplaire dont les enfants devaient être « bien élevés » et se garder des mauvaises fréquentations. D'ailleurs elle dégainait vite, elle aussi, les mots de voyou ou de racaille. Qui englobaient dans son esprit l'ensemble des jeunes vivant dans les cités alentour, surtout s'ils étaient noirs ou arabes. Laissait souvent échapper un racisme ordinaire dont elle n'avait, je crois, pas la moindre conscience. Ou qui, du moins, ne semblait lui poser aucun problème. Elle le partageait avec mon père et une bonne partie de nos voisins. C'était en quelque sorte une valeur commune, sur laquelle on s'entendait tacitement. Un socle minimum. Qui allait de soi. Est-ce que tout cela me gênait ? Son côté catholique de droite propre sur elle ? Banalement réactionnaire et ordinairement raciste ? Je ne crois pas. Je n'y prêtais pas d'attention particulière. Tout comme elle ne prêtait pas d'attention exagérée à ce que je pouvais penser de mon côté. Aux livres que je lisais, aux disques que j'écoutais, aux idées qui se logeaient dans mon cerveau et que je partageais avec certains de mes copains, Nicolas en premier lieu. Je n'ai jamais eu la sensation de me construire, intellectuellement parlant, contre mes parents. Mais simplement à côté. J'aimais la poésie et les romans qu'on lit à cet âge, écoutais du rock anglais et du rap US, me définissais comme athée, m'intéressais aux théories de la décroissance et aux sphères altermondialistes et, si j'avais été alors en âge de voter, aurais sûrement opté pour ce qu'on nommait alors la gauche de la gauche. De fait, j'imagine que si nous avions dû échanger sur quelque sujet que ce soit, artistique, politique, philosophique ou religieux, nous n'aurions été d'accord sur rien, ma mère et moi. Quant à mon père, la chose aurait tout simplement relevé de l'impensable. Je l'avais toujours connu figé dans tout un tas de certitudes immuables, invoquant le bon sens à tout propos et méprisant les intellectuels de tout poil, les mecs qui se prenaient le chou, coupaient les cheveux en quatre, sodomisaient les diptères. Il avait confisqué la vérité depuis si longtemps qu'il n'était pas disposé à se la laisser disputer, et surtout pas par un petit con prétentieux dans mon genre. Quoi qu'il en soit, rien de cet ordre ne se produisait jamais. Aucune confrontation. Aucun échange. Lors d'une de nos dernières conversations téléphoniques, mon frère m'avait lancé : mais enfin Antoine, tu ne comprends pas ? Ils se foutaient complètement de nous, n'étaient occupés que par eux-mêmes. Maman par sa propre personne. Et papa par maman. Il avait prononcé ces mots sur un ton de colère sincère, avec une virulence qui laissait entendre qu'il leur en voulait, qu'il en avait souffert, même avant que les choses se dérèglent et partent en vrille. J'étais interloqué. En avais-je souffert moi-même ? M'en étais-je rendu compte ? Je ne crois pas. Je n'étais pas vraiment là, de toute façon. Je ne l'avais jamais été. Je ne gardais qu'un souvenir flou de mes premières années, durant lesquelles, inexplicablement, ma propre présence m'apparaissait sujette à caution, et ce qui avait suivi me paraissait déjà figé, gravé dans le marbre, placé sur des rails impossibles à tordre. Il était inutile de revenir là-dessus. D'autant que j'étais entré dans cet âge où la vie se joue essentiellement ailleurs. Loin de la maison familiale. Dans les sous-bois où nous nous retrouvions entre copains, juchés sur nos vélos, nos mobylettes, sur les courts de tennis et les terrains de foot où nous nous défoulions, dans le garage de Nicolas où nous massacrions Radiohead, The Strokes, The White Stripes et les autres, au pied des immeubles de la cité la plus proche où vivait une partie de mes camarades, dans l'herbe des espaces verts du lotissement voisin, plus huppé que le nôtre, où en vivait une autre. Dans les allées puant le parfum artificiel des boulangeries industrielles, les lumières de néons et le faux marbre du centre commercial. Dans l'odeur de pop-corn des multiplex. Dans les rues du vieux Rouen où nous traînions parfois le week-end. Dans la cour du collège, le parc du lycée. Dans les soirées où nous dansions, nous bourrions la gueule et dérivions dans la ouate des joints roulés. Et, même quand plus tard ces deux univers parfaitement étanches se sont mis à se croiser incidemment, quand au lycée il arriva qu'on fasse allusion à ma mère, à son allure et à son comportement, à son statut de conseillère municipale et d'adjointe aux affaires scolaires, et par conséquent aux idées politiques qu'elle défendait auprès du sénateur maire qui n'allait pas tarder à être nommé ministre délégué, jamais je n'ai réussi à considérer que cela puisse me concerner, ou plutôt qu'on puisse m'y associer, m'y rattacher d'une quelconque manière. Je haussais les épaules. C'est son problème, répondais-je. Ça ne me regardait ni de près ni de loin.

5

Je suis rentré au milieu de la nuit, frigorifié. La pluie s'était mise à tomber et roulait sur le toit, débordait des gouttières. Dans la pénombre des murs épais, j'ai gagné la chambre à tâtons. Chloé formait un renflement minuscule au milieu du grand lit. Je me suis glissé sous les draps. Elle a laissé échapper un grognement quand j'ai collé mon corps frigorifié contre le sien. Je l'ai serrée dans mes bras, j'ai respiré l'odeur de sa nuque, promené mes doigts sur sa peau parfaitement lisse. Ses seins remplissaient à peine les paumes de mes mains glacées. Sans prononcer un mot, elle m'a guidé en elle. Nous avons fait l'amour lentement, en chien de fusil, tandis que le vent se cognait aux vitres en impacts sourds. Puis j'ai plongé dans un sommeil lourd, une marée noire qu'aucun rêve, aucune image ne fissurait.

À mon réveil, le ciel était net et elle n'était plus là. Elle avait laissé un mot. « Je crois que tu as passé une petite nuit. Je ne t'ai pas réveillé, histoire que tu récupères. J'ai prévenu Jacques. Il sera à la librairie pour l'ouverture. Prends ton temps. » J'ai reposé le papier idiotement ému, pris d'un soudain accès de tendresse. C'était chez moi un phénomène suffisamment rare pour être relevé. Ça l'avait toujours été, je crois. Ou l'était devenu au fil des années. Comment savoir ? J'avais souvent l'impression qu'on m'avait un jour vidé de ma propre substance, de ma capacité à ressentir les choses, à me sentir impliqué. À m'émouvoir, même. Un rien pouvait pourtant me pousser au bord des larmes. Mais seulement s'il s'agissait d'un livre, d'un personnage de fiction, d'un événement extérieur, d'une scène volée ici où là. J'étais dans ce registre maladivement empathique, névrotiquement compassionnel. Mais tout à fait imperméable à tout ce qui touchait ma propre vie. Je demeurais à la surface. Je n'avais pas trente ans et je vivais seul ou à peu près, dans le giron du vent, du ciel et de la mer. J'avais parfois la sensation que ce grand désert liquide, ces étendues me prolongeaient. Qu'entre elles et moi tout circulait sans accrocs, se confondait. Un jour, Chloé m'avait dit : c'est drôle, je suis venue vers toi parce que tu étais là. Parce que j'avais besoin de quelqu'un à cet instant précis. Et il a fallu que je tombe sur un type qui n'était pas là. Mais ça va. Pour l'instant ça va. Je ne te demande rien de plus. Tu es comme la mer. Une présence opaque et silencieuse.

Les choses s'étaient produites ainsi, en effet. Chloé était venue vers moi parce que j'étais là. Elle avait besoin de quelqu'un et ce fut moi. Ça aurait pu être quelqu'un d'autre, je suppose. Sans doute étais-je censé remplir un vide, combler une faille, cautériser une plaie. Ni plus ni moins. C'était la nuit, à l'abri d'autres remparts, cernés par les champs ceux-là, dans les lumières et le son de la musique. Le groupe sur scène jouait ses chansons déchirantes et elle était là près de moi. Dans la foule nos coudes se touchaient, et parfois nos regards. Nous dansions sur place, les pieds dans la boue. Elle me connaissait vaguement. Moi aussi. Je l'apercevais de temps en temps à la librairie, la croisais sur la plage. Nous ne nous étions jamais adressé la parole. Nous n'avons pas vraiment dérogé à la règle ce soir-là. Après le concert elle s'est glissée dans mes pas. Elle est montée dans ma voiture, sans que cela nécessite la moindre introduction, la moindre justification. Je ne lui ai pas demandé où elle souhaitait que je la mène. Nous avons roulé à travers les champs plombés de nuit. Au loin, une lueur un peu mauve signalait la côte, et l'infini de l'horizon. En surplomb de la cale, la Caravelle était encore ouverte. On y sirotait des alcools les yeux perdus dans des nappes de noir et d'anthracite. La mer invisible se fondait dans le ciel de satin. La musique a suffi à combler l'absence de conversation. À plusieurs reprises, nous sommes sortis fumer dans le grondement de la mer. L'air était inhabituellement tiède. C'était le mois d'août mais en ces contrées ça n'en demeurait pas moins rare, on ne s'habituait jamais vraiment à la douceur quand elle nous enveloppait, on ne s'habituait jamais vraiment au confort, aux accalmies, aux vents tombés, à leur morsure absente. Puis nous avons longé la mer jusqu'au hameau. Je jetais des coups d'œil à son profil rivé au pare-brise. Ses cheveux brûlés par le sel, les taches de rousseur autour de son nez, ses yeux clairs et perdus dans le halo des phares. Le silence ne me gênait pas. J'en avais pris l'habitude au fil des années. J'avais grandi en son intérieur. C'était devenu ma matière même. Mon étoffe. Mais je voulais être sûr qu'il ne la dérangeait pas, elle non plus. Qu'elle ne cherchait pas comment le briser. Qu'elle y consentait. Depuis lors, il n'a cessé de nous accompagner. Celui de la mer, des nuits où nous dormions ensemble, de nos peaux mélangées. Celui des verres et des cigarettes que nous partagions dans le bruissement des cafés. Celui des livres que nous lisions, les mains plongées dans le sable. Encore aujourd'hui je savais si peu d'elle. Et elle savait si peu de moi. Nous étions là, côte à côte, et c'est tout ce qui comptait. Nous veillions l'un sur l'autre, nous prenions dans les bras, nous consolions mutuellement d'une blessure dont nous ignorions la nature, que nous gardions enfouie. Elle vivait seule dans son appartement niché au creux de la ville close, consacrait ses journées aux enfants qu'elle emmenait sur la mer. Elle semblait n'avoir aucune attache. Ne pas connaître grand monde. Il faut croire que vivre auprès d'inconnus a toujours été pour moi un genre de destin. Sans doute est-ce aussi de mon fait. Sans doute n'ai-je jamais rien voulu savoir de personne. Sans doute ai-je toujours préféré m'en tenir aux façades. Et ne pas trop creuser derrière. De peur d'y découvrir une matière noire. De peur aussi de devoir donner le change. Et qu'on ne se mette à gratter sous ma propre surface.

Quand je suis arrivé à la librairie, Jacques se tenait à la caisse et discutait avec un client, qu'il tentait de convaincre de faire l'économie d'un essai rance dont tout le monde parlait à longueur de journée et d'émissions. Le type n'en a pas démordu et Jacques l'a encaissé en haussant les épaules. Qu'est-ce que tu veux, m'a-t-il lancé en guise d'accueil, c'est la démocratie. Mais parfois ça fait mal au cul. Et puis tu sais, ce même type, la prochaine fois, il viendra peut-être me demander une merveille. Et il ne faudra pas chercher à comprendre. Il a repris la lecture de son journal, tandis que je préparais deux cafés. J'étais heureux qu'il soit là, avec moi, dans la librairie. Cela faisait longtemps que ça ne s'était pas produit. Il était fatigué. Avait du mal à se remettre de l'AVC qui l'avait foudroyé alors qu'il longeait la pointe du Meinga sur son kayak. Un bateau de plaisance était passé par là au bon moment, et le type à bord avait compris que Jacques était au plus mal. Qu'il en ait réchappé ne tenait qu'au plus pur des hasards, à la chance la plus inespérée. Les pompiers avaient débarqué quelques minutes plus tard, juchés sur leurs zodiacs, et l'avaient amené à l'hôpital. Il ne s'en était pas trop mal sorti, en définitive. Mais il restait marqué. Accusait le coup. Physiquement, bien sûr, mais son affaissement me semblait surtout d'ordre moral. D'avoir échappé de peu à la mort l'avait étrangement abattu. Certains en sortent galvanisés, paraît-il. Comme sous le coup d'un électrochoc, leur rappelant que la vie est courte et précieuse, et qu'il faut en goûter chaque seconde. Lui n'avait jamais eu besoin de frôler la mort pour en avoir conscience. Et pour ce qui était de vivre pleinement, il n'avait attendu personne. À ses yeux cette attaque était surtout la preuve qu'il vieillissait, qu'il touchait doucement à la fin du parcours, et qu'en tout état de cause il allait peu à peu voir ses capacités restreintes. Déjà, on lui interdisait de partir en mer autrement que propulsé par un moteur, ce qui l'indignait un peu moins depuis qu'un de ces clowns en hors-bord, ainsi qu'il les décrivait, lui avait porté secours, mais qu'il s'interdisait de seulement envisager, invoquant à la fois l'honneur et la dignité. Même nager trop longtemps et trop éloigné du rivage lui était déconseillé. Et puis il n'aurait su dire s'il s'agissait d'une illusion, d'une forme d'autosuggestion, mais depuis l'attaque il avait l'impression que son cerveau travaillait moins vite. Il peinait à se concentrer, avait des trous, des noms lui échappaient. Parfois même un auteur, un titre, un éditeur, et plus encore la conjonction des trois, ce qui le mortifiait. Quelques jours plus tôt, un client avait peiné à se remémorer le titre du livre qu'il projetait d'acquérir et Jacques n'avait pas su lui répondre immédiatement, ce qui ne lui arrivait jamais, et c'était un autre client qui était intervenu et avait précisé les choses. Bien sûr, Jacques l'avait remercié et ils s'étaient ensuite lancés dans une discussion passionnée sur l'auteur en question, les livres qu'il avait écrits au fil des années, et sur le catalogue tout entier de l'éditeur qui les avait publiés, mais Jacques avait été ébranlé par cette simple hésitation. Tu comprends, c'était comme si à l'endroit où je vais chercher ce type d'information, à cet endroit précis de mon cerveau soudain il y avait eu un grand blanc, ou alors que tout demeurait derrière une porte obstinément close.

Nous avons bu notre café en silence. En fond jouait un vieux Dylan. J'observais Jacques parmi le bois des bibliothèques et des tables couvertes de livres. Être à ses côtés m'apaisait. Dans cet endroit où l'on se sentait toujours protégé de tout, de la bêtise en particulier, comme si les millions de mots enfouis dans ces pages faisaient écran, même quand parfois elle faisait irruption dans la bouche d'un client, croyant bon de donner son opinion sur tel ou tel sujet de société, telle péripétie de la vie politique, important l'emporte-pièce dans cette boutique consacrée au temps long, aux mots qu'on tourne sept fois dans sa bouche avant de les coucher sur la page. Et Jacques lui-même personnifiait ce qui se jouait entre ces murs. Sa tendresse un peu féroce, la lumière de son sourire et la précision de sa pensée, sa lucidité érudite, son empathie lettrée. Il était un genre de père idéal. Un père rêvé. À mes yeux du moins. Sa fille aînée n'était pas de cet avis. Elle avait pris ses distances. Nourrissait à son encontre une sourde rancune. Et ne lui donnait des nouvelles que de part en part. J'ignorais tout des motifs de cet éloignement. Il me semblait tout simplement inimaginable. J'étais persuadé qu'il reposait sur un malentendu. Qu'on ne pouvait pas en vouloir sérieusement à un homme aussi bon. Pourtant, un jour, tandis que je tentais d'en savoir un peu plus, il m'avait lâché : tu sais, je n'ai pas toujours été l'homme que tu as devant les yeux. Et si cette phrase avait clos la discussion, elle continuait à me poursuivre. Ma mère, mon père avaient-ils toujours été ceux que j'avais quittés dix ans plus tôt, qu'il m'avait paru intolérable de considérer comme mes parents un jour de plus ? L'étaient-ils encore ? Ou à l'inverse pourraient-ils aujourd'hui répondre à quelqu'un qui s'étonnerait, en faisant leur connaissance, que leurs deux fils puissent avoir rompu si brutalement avec eux, et les laisser sans nouvelles depuis dix ans : oh, vous savez, nous n'avons pas toujours été ces gens-là. Combien de personnes successives, contradictoires, opposées, inconciliables abritons-nous en nous-mêmes ?

Je songeais à tout cela en regardant Jacques lire son journal, ses lunettes en écaille vissées sur son nez aigu, ses joues mangées de gris, sa tenue réglementaire : pantalon de velours, chemise à carreaux combinant le brun, l'ocre et le roux, gilet marron clair. Un archétype de libraire barbu, où pointait néanmoins le vieux loup de mer, regard bleu pâle cerné de rides à force de plisser les yeux sur l'horizon, peau rongée par le sel, mèches de cheveux d'un blanc brûlé par le soleil. Il a levé les yeux vers moi, pointé la photo qui illustrait l'article qu'il venait de lire. Ah oui, je me souviens de ce type. Je n'ai jamais cru à cette histoire de complot. Je ne sais pas. J'ai toujours pensé qu'il s'en était tiré à bon compte. Nom de Dieu, quand je pense que dans cette ville, après tout ça, ils ont tous continué à voter pour lui comme un seul homme, qu'il se pavanait comme un petit roi pendant que ces pauvres filles… J'ai jeté un œil à la photo et c'était Jean-François Laborde. L'article occupait une demi-page. La photographie le montrait fidèle à lui-même, le regard enjôleur, la carrure virile et le sourire carnassier, mais sans doute projetais-je. Jacques a secoué la tête avant de lâcher : de toute façon il suffit de regarder sa tronche, ça se voit comme le nez au milieu de la figure qu'il était pas net, je sais pas, il a un regard de gros macho, ce type. Enfin il avait. Oh m'écoute pas, je dis des conneries. Juger un type à sa gueule, ça n'a jamais mené nulle part. Enfin… Il a reposé son *Libé* et fait quelques pas dans la boutique, s'affairant à replacer un livre ici, à en mettre un autre plus en valeur, en feuilleter un troisième. J'ai pris le journal. Regardé la photo. Avait-il raison ? Cela se voyait-il comme le nez au milieu de la figure ? Quelqu'un était-il seulement dupe de son innocence dans toute cette affaire ? Et si oui, qu'est-ce que cela pouvait signifier ? Tous ces gens qui avaient continué à voter pour lui, à lui serrer la main sur le marché, tous ces types dans sa famille politique qui dès le non-lieu prononcé avaient fait mine de rien, et lui avaient redonné sa place dans l'appareil de leur parti, l'envoyant régulièrement s'exprimer dans les médias pour porter la parole de leur formation. Qu'est-ce que tout cela signifiait ? Et moi, que pensais-je de lui à l'époque, avant que l'affaire éclate, qu'elle éclabousse ma mère et détruise notre famille ? Pas grand-chose. J'avais quinze, seize ans et je m'en foutais bien du maire, tout sénateur qu'il était. Je n'étais pas de son bord et cela me semblait suffisant pour ne pas le porter dans mon cœur.

Il s'exprimait rarement sur les sujets nationaux à l'époque, ou alors seulement dans les éditoriaux du journal local que je ne lisais jamais. Quant à la politique municipale je n'en savais pas grand-chose. Le peu que j'en connaissais suffisait certes à se faire une idée. Une idée de ce qu'il valait comme homme politique. Mais comme homme tout court, ça je ne l'ai découvert que plus tard.

6

Jean-François Laborde avait une poignée de main molle et étrangement douce. Je veux dire que la peau même de sa main était d'une douceur inattendue, qui contrastait étrangement avec son physique d'une masculinité ostentatoire. Cela m'avait frappé ce jour où, sur le marché, après avoir dévoré ma mère du regard, il s'était tourné vers moi pour me saluer, ainsi qu'il le faisait avec tous les gens qu'il croisait, sur la place qui tenait lieu de centre-ville ou lors d'une réunion de quartier, à l'occasion d'une cérémonie, d'un gala de fin d'année donné par le conservatoire, l'école de danse, ou de toute autre manifestation publique. Me remémorant ce moment, je ne parviens pas à déterminer si quelque chose avait pu laisser supposer qu'il connaissait déjà ma mère. Ce dont je me souviens nettement, c'est son coup d'œil appuyé, son sourire charmeur. Mais il regardait toutes les femmes ainsi. C'était de notoriété publique. Il avait une réputation de dragueur impénitent, de queutard insatiable. Et il faut croire que dans notre ville cela imposait une sorte de respect paradoxal. Je n'étais pas en mesure de juger, à l'époque j'aurais été incapable de dire d'un homme de plus de quarante ans s'il était beau ou non, s'il avait du charme, du charisme, mais c'était la réputation qu'on lui prêtait. En tout cas, il plaisait aux mères de famille, et aux petites vieilles. Je veux dire qu'il leur plaisait « physiquement ». Certaines allaient jusqu'à lui accorder quelque ressemblance avec tel ou tel acteur américain. Quant aux hommes, si les uns appréciaient sa politique, les autres étaient surtout rassurés par sa dimension nationale : on le voyait parfois à la télévision, à l'Assemblée ou sur les plateaux d'émissions d'actualité, et on le savait proche d'un homme politique de premier plan qui occupait de hautes fonctions au sein du gouvernement et dont la candidature à la prochaine élection présidentielle paraissait possible. De fait, il régnait sur la ville d'une manière qui abolissait tout débat. Et il n'y avait pas grand monde pour se plaindre de lui. Même si, faisant bâtir dès son élection un commissariat immense et poser des caméras de surveillance un peu partout, il avait alloué à la sécurité et aux forces de police un budget démesuré pour une ville de banlieue aussi tranquille. Même si, découvrant à son arrivée à la tête de la municipalité des comptes déficitaires, ses premières mesures avaient consisté à geler le budget de la médiathèque, baisser drastiquement les subventions allouées aux différents acteurs culturels et associatifs de la ville, supprimer l'en-cas de dix heures servi aux enfants en maternelle et virer sans préavis la troupe de théâtre qui y bénéficiait d'une résidence. Même si la politique culturelle de la ville puisait dans le plus bas de gamme possible et ne s'adressait qu'aux retraités avides de seulement « se distraire », pièces de boulevard épaisses spécifiquement dédiées à ce genre de communes, one-man-show ringards d'humoristes estampillés de droite, valses de Vienne et danse en tutu, animations folkloriques, concerts de chanteurs pour mamies gâteuses, et j'en passe. Même si les obligations de la ville en matière de logements sociaux étaient loin d'être remplies, alors même qu'à la suite de l'explosion des loyers parisiens l'arrivée progressive des classes moyennes contraintes de s'éloigner de la capitale et de ses abords immédiats avait multiplié le prix du mètre carré par deux en quelques années. Même si *Le Canard enchaîné* avait révélé, preuves à l'appui, qu'à l'occasion des élections municipales qui l'intronisèrent maire de la ville il avait soudoyé des jeunes des cités afin qu'ils fassent un peu de grabuge, brûlent une ou deux bagnoles, vandalisent les derniers commerces établis au pied de leurs immeubles. L'idée étant de démontrer ainsi que son prédécesseur, étiqueté PS, et qui constituait son principal adversaire dans la course à la mairie, faisait preuve d'un laxisme intolérable en matière de délinquance et peinait à tenir sa ville. Même si, un peu plus tard, il s'était tout à fait ridiculisé en organisant pour son mentor, alors ministre battant campagne au sein de sa formation politique pour obtenir l'investiture à l'élection présidentielle, une opération de communication grotesque, destinée à corriger l'image d'un homme que l'opinion jugeait trop éloigné de la réalité que vivaient les « vraies gens ». L'opération en question avait consisté à faire croire que le candidat, alors à bord de sa voiture de fonction, avait ordonné à son chauffeur de se ranger sur le bas-côté de la route, où une femme entre deux âges fixait, désespérée, le pneu crevé de sa berline, garée en lisière des champs s'étendant à perte de vue, dans une zone oubliée des réseaux téléphoniques, qu'engloutissait une nuit sans étoiles. Il était alors sorti en personne pour venir en aide à la conductrice en déroute, avait retroussé ses manches et changé sa roue avec des gestes parfaitement sûrs, quasi professionnels, tachant sa chemise de cambouis et souillant ses chaussures de glaise. Après quoi il lui avait proposé de prendre place dans sa propre voiture afin de partager le café que son chauffeur gardait toujours au chaud dans une thermos de camping, et qu'il buvait sans façon, dans un gobelet de plastique. Puis la femme avait repris la route et pu rallier son domicile où l'attendaient ses enfants, morts d'inquiétude. L'événement fit grand bruit et la femme en question témoigna avec entrain de ce que le grand homme était d'une gentillesse et d'une simplicité sans égales, qu'ils avaient bavardé de tout et de rien et qu'il lui avait laissé sa carte quand elle lui avait avoué que son mari cherchait du travail depuis deux ans maintenant, arrivait en fin de droits et tutoyait le désespoir. Quelques jours plus tard, *Libération* révélait que la fameuse automobiliste en détresse n'était autre que la cousine de Jean-François Laborde, ce qui à M. ne sembla émouvoir personne, à part quelques lycéens dans mon genre, rongés par le mauvais esprit. Ce petit scandale, adossé à quelques autres bien plus médiatisés, précipita néanmoins le retrait du ministre de la course à l'investiture et laissa le champ libre à son rival, qui quelques mois plus tard prit ses quartiers au palais de l'Élysée.

Même si, même si, même si… Au fil des années il y aurait eu tant à dire, à relever, tant d'éléments suffisant à le discréditer d'un point de vue strictement politique – sans parler du clientélisme à tous les étages, des arrangements lors de l'octroi de marchés publics à telle ou telle société, ni même des différents scandales d'État qui éclaboussèrent son mentor, emplois fictifs et dépenses somptuaires au sein de son ministère et compagnie, et dans lesquels le nom de Laborde, en sa qualité de conseiller chargé des basses œuvres, revenait régulièrement. Ni encore de la manière dont à la première occasion il lâcha son protecteur lorsque la cote de ce dernier plongea, pour rallier sans délai celui qui deviendrait le prochain président de la République. Ralliement qui, même tardif, lui valut récompense, sous la forme d'une délégation ministérielle, dont l'attribution remplit toute la ville de fierté. D'ailleurs, à M., tout le monde affirmait sans ciller qu'il était ministre, et s'enorgueillissait de le voir désormais s'exprimer sur tous les plateaux de télévision, dans les émissions de radio les plus prestigieuses. Et ma mère pas moins que les autres.

7

J'ignore dans quelles circonstances exactes ma mère et Laborde se sont rencontrés. Ou du moins : rencontrés au point de se connaître et s'apprécier suffisamment pour que le maire lui propose d'occuper une place de choix sur sa liste lors des élections municipales, place qui lui assurait d'être nommée adjointe aux affaires scolaires alors qu'à l'évidence elle n'avait aucune qualification particulière en la matière. Pas plus, en tout cas, que n'importe quelle autre citoyenne dans son genre, mère de famille apparemment exemplaire, catholique et de droite par évidence inquestionnable, pas spécialement engagée ni plus ou moins soucieuse de la vie de sa ville et de l'éducation de ses plus jeunes habitants que n'importe qui. Sans doute cela a-t-il eu lieu lors d'une inauguration quelconque. Par exemple, celle de l'exposition annuelle des élèves des différents cours d'arts plastiques qu'assuraient des associations locales et auxquels ma mère participait régulièrement, se cantonnant principalement à tenter des reproductions pâteuses d'œuvres mineures qui la charmaient et qui me semblaient, à moi qui aimais surtout Rothko, Bacon et Basquiat, parfaitement décoratives et insignifiantes. Cependant, le plus mystérieux à mes yeux ne demeure pas tant cette première rencontre que la période qui la sépara de l'élection, laquelle entérina leur collaboration étroite et quotidienne et propulsa ma mère au rang des notables incontournables de la ville, en fit en quelque sorte la numéro deux, alimentant toutes les rumeurs quant à la nature exacte de ses relations avec Laborde. J'imagine une série d'échanges furtifs et légèrement ambigus, au fil de hasards de plus en plus provoqués par l'un ou l'autre, jusqu'au moment où ma mère se mit à s'absenter plusieurs fois par semaine au prétexte de participer à des réunions que tenait le maire en vue des élections. Quant à savoir comment, au fil de ces rendez-vous, ma mère a pu éblouir Laborde au point qu'il lui propose de figurer sur la liste et d'en faire son adjointe, je doute qu'il faille se pencher sur l'originalité et l'audace de ses propositions concernant la politique de la ville et miserais plus volontiers sur celles des pratiques sexuelles auxquelles elle se livrait avec lui. Du reste, sur ce point, à part mon père et nous ses enfants, il semble que personne n'ait jamais été dupe. La plupart des réunions auxquelles prétendait se rendre ma mère n'ont jamais dû les réunir que tous les deux, et pour des discussions que menaient avant tout leurs peaux, leurs bouches mêlées et leurs sexes imbriqués. Tout le monde le murmurait déjà en ville. Cécile Brunet était la maîtresse du maire, d'ailleurs la femme de ce dernier la détestait, et elle ne devait sa position éligible, puis son poste d'adjointe, qu'aux faveurs qu'elle devait lui accorder jusque dans son bureau entre deux réunions. Ou bien à l'arrière de la voiture qui les conduisait aux différents rendez-vous qu'exigeaient la campagne, puis la fonction. Car ceci aussi fut bientôt de notoriété publique : bien qu'elle ne soit pas, sur le papier, première adjointe, ma mère l'était devenue dans les faits, et il n'était pas un lieu où se rendît le maire où on ne la vît à ses côtés, souriant à chacun, propageant la bonne parole et louant les actes du grand homme. Comment mon père réagissait-il à l'époque ? J'ai longtemps pensé qu'il était aveugle, ou plutôt qu'il refusait de voir ce qui pourtant crevait l'écran : Jean-François Laborde, comme beaucoup d'hommes du quartier, de la ville, n'était pas insensible aux charmes de ma mère, mais il fut certainement le seul dont elle devint la maîtresse. Ce qui devait compter aux yeux de mon père et l'emporter sur le reste, sur ses doutes et ses soupçons mêmes, c'était que ma mère semblait s'épanouir et rayonner, et qu'il aimait la voir ainsi. Au fond, il devait être fier d'être le mari de la femme qui régnait désormais sur la ville. Ça le flattait sûrement. En outre, en dépit de sa raideur, de sa dureté souvent, mon père, avec elle, marchait sur des œufs. Il la connaissait mieux que personne. Et ne pouvait que se réjouir de la voir si impliquée, affairée et heureuse du rôle qu'elle jouait désormais dans la vie locale. Elle qui s'était rêvée mannequin, actrice, comment ne pouvait-elle pas s'étioler entre les murs de son petit pavillon mitoyen crépi de rose, dans cette routine quotidienne et matérielle qui constituait désormais le cœur de sa vie ? Bien sûr, c'est lui qui avait voulu à toute force qu'elle se fonde dans cet environnement, qu'il jugeait stabilisant, indispensable à l'équilibre de ma mère. Mais il ne craignait pas moins de la voir s'effriter et sombrer dans des abîmes qu'elle avait côtoyés, je ne l'apprendrai que plus tard, plus souvent qu'à son tour.

Mon frère, quant à lui, était dévasté. J'avais beau lui enjoindre de prendre un peu de distance, de ne pas prêter l'oreille aux ragots, j'avais beau lui répéter que les saloperies qui circulaient autour de notre mère et de Laborde ne tenaient pas debout, que ce n'était pas le genre de notre mère si sage, si exemplaire, si rangée, si coincée, j'avais beau lui assurer que si notre père avait eu le moindre doute, cette histoire de politique locale aurait déjà cessé, qu'il serait allé trouver le sénateur maire pour lui casser la gueule, qu'à la maison les assiettes voleraient, que nos parents feraient chambre à part ou que sais-je, rien n'y faisait. Il était rongé par la honte. Honte d'entendre ou de simplement soupçonner qu'autour de lui chacun considérait notre mère comme une courtisane. Honte que la liaison adultère qu'on lui prêtait avec le sénateur maire soit ainsi portée sur la place publique, considérée par chacun comme un fait établi. Honte que mon père endosse aux yeux de tous le pathétique costume de cocu crédule. Honte aussi qu'on puisse envisager une seconde que les déclarations de notre mère ou celles de Laborde sur la vie locale ou la politique nationale (leur homophobie latente, leur racisme ordinaire, leurs obsessions sécuritaires et identitaires, leur inconscient très « travail famille patrie »...), ainsi que les décisions qu'ils prenaient (toutes les manifestations ringardes que la majorité municipale faisait voter, les caméras de surveillance qui n'en finissaient pas de pulluler, les bancs qu'on abattait dans certains quartiers pour éviter les rassemblements de « voyous » ou de « mendiants », tout ce qui concourait à faire de M. la ville-dortoir à l'ambiance moisie et mesquine qu'elle était, où s'emmerdait une jeunesse dont la part la moins privilégiée était déjà sur les rails de l'échec scolaire et voyait l'avenir se profiler sous la forme d'une vie entière dédiée à la précarité) l'engagent lui aussi. Il rasait les murs plus encore qu'à l'ordinaire. Rechignait à donner son nom de famille, mentait quand on lui demandait : tiens Brunet... le fils de Cécile Brunet ? Se calfeutrait dans sa chambre et évitait nos parents autant que possible. Avant même que l'affaire éclate, les repas du soir ou du week-end, que ma mère tenait à ce que nous partagions alors qu'ils semblaient lui peser autant qu'à nous, s'apparentaient pour mon frère à une torture quotidienne. Tandis que je n'écoutais que d'une oreille distraite, planais gentiment en mâchant mon gratin d'endives, Camille bouillait, produisait des efforts surhumains pour ne pas exploser ou « répondre », ce que notre père n'aurait jamais toléré.

De mon côté, je m'échinais à demeurer imperméable à ces rumeurs. Je n'imaginais qu'à peine que ma mère puisse coucher avec Laborde. Ou avec qui que ce soit, d'ailleurs. Comme tous les adolescents, j'avais déjà suffisamment de mal à me figurer ma mère au lit avec un homme. À l'envisager une seule seconde, y compris s'agissant de mon père. Et même quand dans mon esprit s'insinuait l'idée que cela puisse être vrai, je feignais de prendre les choses avec hauteur. Ma mère devait quand même bien s'emmerder à la maison, me disais-je. D'autant que Camille et moi étions grands désormais, n'avions plus vraiment besoin de qui que ce soit, pas même de menaces ou d'avertissements concernant le travail scolaire. Alors si elle avait enfin trouvé une occupation qui, justement, ne faisait pas que l'occuper, mais la passionnait, fût-elle un mélange de politique municipale et d'adultère bourgeois, grand bien lui fasse. Je tentais de tourner les choses en dérision. Mais sans doute n'en menais-je pas si large au fond. La manière dont, dès cette époque, j'ai peu à peu déserté la maison en constitue une preuve parmi d'autres.

8

Au bout de la rue s'ouvrait déjà un autre monde. On quittait le lotissement de maisons mitoyennes pour un enchevêtrement de rues bordées de pavillons dépareillés qu'encerclaient des terrains ceints de clôtures. Aux rectangles de pelouse engrillagés situés à l'arrière des maisons crépies, gazon ras agrémenté d'arbustes encore jeunes, succédaient des jardins aux contours variables, parfois plantés de grands pins, de cerisiers, de bouleaux et de saules pleureurs. Dans le bitume bordant certaines avenues poussaient de grands tilleuls dont les feuilles d'un beau vert tendre, poisseuses en été, se chargeaient de lumière au moindre rayon de soleil. Les maisons y proposaient un échantillon complet de l'architecture pavillonnaire en banlieue résidentielle. Tout cela pourrait paraître, aux yeux de certains, singulièrement dénué de charme, mais, pour ma part, j'aimais ces rues que le printemps saturait de parfums de fleurs et d'herbe coupée, ces portails derrière lesquels trépignaient des chiens bonhommes, se devinaient des parcelles où il faisait bon lire ou échanger des balles de ping-pong, manger sur la terrasse à midi dès les premiers beaux jours, prendre l'apéritif dans la douceur du soir en été. Si banales étaient-elles, chacune de ces maisons avait son identité particulière, son atmosphère propre, et j'aimais tenter de deviner derrière les fenêtres les vies qui s'y menaient. Il me semblait confusément que ma place véritable se trouvait dans l'une d'elles, qu'à l'abri de ces salons, ces cuisines, ces chambres d'enfants on vivait vraiment, quand chez nous tout paraissait figé en deux dimensions, sans profondeur ni relief. Je peux parfaitement me remémorer la sensation que j'avais alors que chez nous rien ne vivait vraiment, que nous étions plongés dans un songe appauvri, une pantomime désincarnée, quand partout ailleurs la vie vibrait, les cœurs battaient, les mots et les sentiments circulaient. Modestement, mais avec vaillance et application. Je passais des heures entières juché sur mon vélo à tenter de percer le mystère de ces existences ordinaires mais investies par ceux qui les menaient. Je me demande aujourd'hui encore si ce sentiment était lié à la disposition particulière de mon esprit, si cette façon de ressentir en constituait une déviation, ou si les choses étaient vraiment telles que je les éprouvais. Si les autres étaient profondément vivants, même difficilement, même humblement, même dans le malheur, quand nous, mes parents, mon frère et moi étions réduits à l'état de fantômes, d'ersatz, gelés et ânonnant le texte de nos vies, engoncés dans des corps de plâtre, des masques de cire.

Nicolas habitait une maison que les arbres cachaient presque entièrement à la vue. Mais le portail était toujours ouvert. Ses parents se refusaient à le fermer, tandis qu'aux alentours la plupart de leurs voisins avaient posé des alarmes, rehaussé leurs clôtures, coulé des tessons de bouteille dans le ciment des murs, posé des interphones. Chez Nicolas, il y avait toujours du monde. Ses potes et ceux de son frère cadet, les copines de sa sœur aînée, celles de sa mère, il y avait toujours quelqu'un dans la cuisine pour partager un café. Et ses parents nous accueillaient avec une chaleur jamais prise en défaut. C'était d'ailleurs la sensation qui prédominait dans cette maison. Il y régnait un joyeux bordel, et tout était fait pour réchauffer : les vieux meubles et les tapis, les lumières tamisées, les tableaux partout sur les murs, les plantes qui faisaient du salon une véritable jungle, les tentures et les milliers de livres, les bougies, les cages à oiseaux, les sculptures venues du bout du monde et la musique qui jouait en permanence, provenant de la chaîne ou du piano où souvent s'exerçait sa mère. Au fond du terrain, un garage où le père de Nicolas n'avait jamais songé à abriter sa voiture était entièrement aménagé en salle réservée aux trois enfants. Au fil des années, de salle de jeu il s'était mué en fumoir et local de répétition pour le groupe de l'aînée, plutôt portée sur le folk, puis pour le nôtre, où je tenais le rôle du chanteur livide et écorché. Nico était à la guitare, Stan à la batterie et FX à la basse. Parfois, le père de Nicolas venait jeter une oreille, quand bien même notre répertoire était loin de rejoindre ses propres inclinations. C'était un grand type à la barbe fournie et au sourire franc, bien plus âgé que l'étaient mes parents. Il parlait d'une voix chaude et posée, attentive, bienveillante. J'avais toujours l'impression qu'il cherchait à nous envelopper, nous protéger, nous transmettre quelque chose, qui avait à voir à la fois avec la force et la tendresse. Il exerçait la profession d'ostéopathe et pratiquait la sculpture, militait au sein d'un mouvement écologiste, lisait des dizaines de romans, avec une prédilection pour la littérature américaine, fumait des petits cigares très bruns, partait tous les ans, avec sa femme ou en famille, en Amérique du Sud ou en Asie, vénérait la chanson française à texte, s'intéressait à l'art brut et à la photographie. Sa mère, quant à elle, enseignait le piano au conservatoire. Elle portait les cheveux très longs et les laissait grisonner sans les teindre, se couvrait les épaules de châles colorés, se vêtait de longues jupes et de tuniques, se parait de grands colliers qu'elle empilait comme les bracelets à ses poignets, se donnant des airs de Gitane ou de grande artiste russe. Elle aimait les vieux films et les romans classiques anglais, les estampes et les herbiers. Ils possédaient trois chats et un golden retriever qui m'avait à la bonne, venait toujours poser sa brave grosse tête sur ma cuisse. Il m'arrivait de plus en plus souvent de rester dîner chez eux après les répétitions, et d'y dormir. C'étaient de longues soirées joyeuses et animées, pleines de musique et d'affection, de conversations et de rires. Souvent, la sœur aînée de Nico, entourée de sa bande de copines, qui bien sûr nous rendaient complètement dingues, était là elle aussi. Il leur arrivait même d'annuler un plan, une sortie, une soirée, pour rester bavarder avec nous en écoutant de la musique et partager le repas que la mère de Nicolas parvenait toujours à organiser. Que nous soyons cinq ou douze semblait ne jamais faire de différence, j'ignore comment elle s'y prenait mais il y avait toujours ce qu'il fallait en quantité suffisante. Je n'avais jamais rien connu de pareil. C'était une autre vie, qui n'avait rien à voir avec celle qui se tramait sous le toit de mes parents. Ils étaient tellement là, et tellement liés, tellement heureux d'être ensemble. Du moins est-ce là le souvenir que je garde de cette maison, de cette famille et de l'ambiance qui y régnait. Nicolas sourirait amèrement à cette évocation, je crois. Plus tard, quand nous nous étions recroisés, il n'avait pas eu de mots assez durs pour parler de ses parents.

Quoi qu'il en soit, c'est chez eux que j'ai le plus souvent trouvé refuge à l'époque. Et toujours ils m'ont accueilli avec la même chaleur, la même affection, la même générosité. Sans jamais poser de question ni porter de jugement. Alors même que l'engagement écologiste du père de Nicolas l'avait porté à s'investir dans la vie locale et qu'il s'opposait régulièrement au maire et à son adjointe, Cécile Brunet. Mais c'étaient leurs projets et leurs idées qu'il combattait d'abord, pas eux en particulier, ne cessait-il de répéter. « Bien sûr, je ne crois pas que nous aurions grand-chose à nous dire avec ta mère, mais enfin je n'ai rien contre elle », m'avait-il confié un jour, à la suite d'une réunion houleuse concernant la route qui traversait la forêt en bordure de la ville : elle était interdite aux voitures depuis de nombreuses années, mais le maire envisageait de la rouvrir, afin de créer un nouvel axe et désengorger ainsi les rues qui reliaient le centre de M. aux villes voisines et, surtout, au réseau autoroutier desservant Paris et Rouen, puis les plages normandes où la population la plus aisée de la ville allait parfois user ses week-ends. Je n'avais rien suivi de ces discussions mais ils avaient dû s'engueuler copieusement et s'envoyer pas mal de noms d'oiseaux pour que le père de Nicolas me prenne à part et se croie obligé d'évoquer la situation. Et même quand a éclaté l'affaire, une affaire qui ne relevait plus des idées politiques ni de l'aménagement de la ville, même quand il s'est agi de la réputation de ma mère, des soupçons et des accusations qui pesaient sur elle, de sa culpabilité potentielle et des moyens employés pour discréditer ses accusatrices et s'en sortir malgré tout, même devant ce scandale qui avait tout pour faire vomir, jamais ni lui ni sa femme ni même Nicolas n'ont témoigné envers moi la moindre distance, la moindre froideur. Non. Ils ont continué à m'accueillir comme si j'étais leur propre fils, à m'offrir une place à leur table, une voix au chapitre de leurs conversations, un matelas où dormir, dans leur maison joyeuse et colorée, cernée d'arbres et de livres, remplie d'animaux, de peintures et de musique, de sentiments et de gestes tendres, de regards attentifs et d'écoute.

Bien sûr, tout n'était pas si lisse, je le savais bien. Comme chacun, ils avaient connu leur lot de crises et de drames réglementaires, et même un peu plus. Ils avaient perdu un enfant en bas âge avant la naissance de Nicolas, et j'étais chez eux le jour où le frère de son père s'était pendu. Le téléphone avait sonné tandis que nous étions à table, le père de Nicolas s'était levé pour répondre et nous l'avions vu s'effondrer. Littéralement. Soudain ses jambes n'avaient plus eu la force de le porter et il avait échoué à se rattraper aux meubles. Le téléphone pendait dans le vide et quelques secondes plus tard, toute la famille s'agglutinait autour de lui dans une étreinte éplorée. Un peu plus tard, tandis que je cherchais des mots adaptés il m'avait serré dans ses bras et m'avait remercié d'être là dans un moment si douloureux. J'avais eu la sensation étrange que c'était moi qu'il consolait alors, d'un chagrin qui pourtant ne me concernait pas. Au fil des années, j'avais aussi fini par comprendre que la sœur de sa mère était hospitalisée en unité psychiatrique depuis de nombreuses années. Et la sœur de Nico, si elle n'en laissait rien paraître au quotidien, avait vécu des années auparavant une agression dont je n'ai jamais connu la nature exacte, une blessure profonde et traumatique qu'on évoquait à mots couverts. Tout ce que je savais, c'est qu'elle était suivie, et que certaines situations, certains lieux, sous certaines lumières, pouvaient la plonger dans une angoisse insurmontable. Mais ils affrontaient tout cela avec tant de force et de douceur, manifestaient si physiquement l'amour qui les liait, on lisait tant de fierté et de confiance dans les regards qu'ils portaient sur leurs enfants que vivre auprès d'eux me faisait un viatique, un modèle à suivre, et m'offrait la preuve que la vie telle qu'elle se déroulait chez nous n'était pas une fatalité. Nicolas avait beau se plaindre d'eux, les trouver étouffants, envahissants, intrusifs, trop démonstratifs et usants à force de ne vivre que pour l'art et la musique, de ne se nourrir que de graines, de céréales et de légumes bio, de prôner la tolérance et la curiosité intellectuelle, la bienveillance et l'empathie comme un catéchisme, de ne jamais quitter leur côté « curés laïques de gauche », son frère cadet avait beau se rétracter parfois sous le coup d'une forme de honte, parce que sa mère s'habillait comme une vieille hippie et que son père embrassait et serrait dans ses bras ses copines comme si elles étaient ses propre filles, enclenchait des discussions assommantes sur tel ou tel sujet d'actualité, questionnait tout le monde sur ses goûts, ses opinions, parce qu'il n'en pouvait plus de toutes ces tentures, ces bouquins, ces tableaux, ces animaux, ce monde qui passait à la maison, rien dans mon propre regard ne les a jamais pris en défaut d'être ce qu'ils paraissaient.

C'est le père de Nicolas qui m'a appris la nouvelle. Nous finissions de répéter quand il est entré dans le studio, ainsi qu'il le faisait parfois, se postant près de la console et se balançant légèrement, comme porté malgré lui par le rythme, tandis que ses yeux se plissaient ainsi que son front, trahissant soit la difficulté qu'il avait à considérer le bruit que nous faisions comme de la musique, soit les douleurs crâniennes qu'il lui infligeait. Quoi qu'il en soit, à la fin du morceau il a applaudi et nous a félicités, avant de nous indiquer l'heure et de rappeler à Nicolas un rendez-vous quelconque auquel il était censé se rendre. Nous avons rangé nos instruments et quitté le garage. Le père de Nicolas se tenait devant la porte, un cigare aux lèvres. Il m'attendait. Il avait quelque chose à me dire. Quelque chose d'important. Qui ne me concernait pas directement, mais qui pourrait avoir des répercussions sur ma mère. Il préférait que je l'apprenne de sa bouche. Il a sorti de sa poche un papier plié en quatre. Il s'agissait d'un court article glané sur le Net, et s'appuyant sur une dépêche AFP : Jean-François Laborde, sénateur maire de M., tout récent ministre délégué, était accusé de viol et d'agression sexuelle à l'endroit d'une employée de la mairie, Asem dans une des écoles maternelles de la ville, et d'une de ses amies qui postulait à un poste similaire. On n'en savait pas davantage pour le moment. Mais cela a suffi à me donner un aperçu des emmerdes qui allaient suivre, même si je n'en entrevoyais que la moitié du quart. Laborde avait sa réputation d'homme à femmes et de dragueur insistant. Il avait, de notoriété publique, une propension au contact physique dont lui-même se moquait parfois, la mettant sur le compte de ses prétendues ascendances méditerranéennes. Il y avait déjà longtemps qu'on jasait à son sujet, sans toutefois que cela prête à conséquence. Certes, on murmurait ici et là qu'il avait déjà été impliqué dans diverses affaires qui, si elles ne l'avaient qu'éclaboussé, avaient pu jeter le trouble. Mais il avait surtout, et de notoriété publique, une maîtresse qu'il avait placée à la mairie et se trouvait être ma mère. Bien sûr, c'est à elle que j'ai pensé en premier lieu. Il m'est apparu immédiatement que le scandale allait la toucher, qu'elle en serait une victime collatérale, que les rumeurs circuleraient, qu'étant sa maîtresse l'opprobre, justifié ou non, qui ne manquerait pas de tomber sur le maire dans le pays tout entier projetterait son ombre sur elle. Je n'imaginais pas alors que, bien plus que victime, elle était complice.

9

Ce jour-là, je suis rentré à la maison. Il me semblait que c'était ma place. La manière dont un fils était supposé se comporter dans ce genre de circonstances. Ce qu'on était en droit d'attendre de lui. Voilà bien la façon que j'avais alors de me comporter vis-à-vis de beaucoup de gens et de situations. Je ne vivais rien au premier degré. Je vivais tel que je croyais être censé le faire.

Mon père était là. Exceptionnellement, il avait quitté son bureau plus tôt. Il se tenait face à la fenêtre du salon, les yeux rivés sur le carré de pelouse rase qui constituait notre jardin. Un rectangle de ciment y figurait une terrasse qu'aucun meuble d'extérieur ne venait adoucir. Collée au grillage, une haie trop maigre marquait la frontière qui séparait notre terrain de celui des voisins, dont la maison copie conforme se dressait en miroir inversé. J'ai laissé tomber mon sac sur le carrelage crème qui recouvrait le sol du rez-de-chaussée. Il s'est retourné et son visage était tendu à l'extrême. Il m'a à peine dit bonjour. Je lui ai demandé où était maman. Au téléphone. Dans sa chambre. C'est tout ce qu'il a répondu, avant de reprendre son poste d'observation face à la fenêtre. J'ai hésité un instant. Dans l'attente d'une suite hypothétique. Mais il n'a rien ajouté, s'est contenté de fixer le jardin en se grattant le menton, laissant dans son dos les meubles laqués de noir, le verre de la table basse, le cuir blanc du canapé virant au gris jaunâtre, les lampes halogènes qui composaient notre décor. Près du téléviseur, la table de repassage avait été dépliée. Le panier de linge à ses pieds, à moitié plein, le fer éteint mais encore branché semblaient avoir été abandonnés en pleine action. Je suis monté à l'étage, me suis assis à mon bureau. Je n'ai ouvert aucun livre, aucun cahier. N'ai pas allumé la radio ni mis de CD en route. N'ai pas entrepris de ranger ce qui devait l'être. La couette froissée rejetée au pied du lit, les vêtements sales éparpillés sur le sol. Je suis resté figé dans l'attente, jetant à peine un œil aux murs presque nus, où mon père interdisait qu'on accroche le moindre poster, qu'on punaise la moindre carte postale : il s'était assez fait chier à poser le papier peint pour qu'on ne vienne pas le saloper avec nos merdes. N'importe qui aurait pu vivre là. Dans cette chambre. Cette maison. Les meubles et les tableaux Ikea. Le carrelage crème au rez-de-chaussée. La cuisine équipée. La moquette grise à l'étage. Les murs uniformément blancs ou tapissés de coquille d'œuf. Tout était parfaitement standard. Impersonnel. Un pavillon témoin. Qui attendait qu'on s'y installe.

La maison entière semblait pétrifiée, seulement parcourue de bourdonnements électroniques, de bruits épars provenant du dehors. À travers la cloison, j'entendais par moments s'élever la voix de ma mère, émergeant de longues plages de silence. Rien ne filtrait des mots qu'elle prononçait. Je croyais discerner un peu de panique. Mais sans doute interprétais-je. Elle a fini par raccrocher et regagner le salon. Je suis descendu à mon tour. Mon père l'observait sans prononcer le moindre mot. La suivait du regard tandis qu'elle s'affairait dans la cuisine, se consacrait à je ne sais quelle tâche ménagère, débarrasser le lave-vaisselle, passer un coup d'éponge, faire bouillir de l'eau. Elle n'a qu'à peine fait mine de s'intéresser à moi quand elle s'est aperçue de ma présence. Ah tu es là ? Tu te souviens que tu habites ici maintenant ? Je n'ai pas osé l'interroger. Lui demander des détails ou son sentiment sur la nouvelle qui venait de tomber. C'était pourtant pour cela que j'étais rentré. Pour être auprès d'elle. La soutenir d'une manière ou d'une autre. Même si je ne savais pas exactement en quoi. Ni comment.

Une heure plus tard, Camille est rentré de son cours de natation, que mon père l'obligeait à suivre afin, je cite, qu'il s'étoffe un peu – mon frère était particulièrement petit et maigre pour son âge, en outre ses traits délicats, sa nature réservée et secrète, son hypersensibilité inquiétaient mes parents, qui ne le trouvaient pas assez sportif à leur goût, s'alarmaient de son peu d'inclination pour le foot et les préoccupations habituelles des garçons de son âge –, et nous sommes passés à table. J'ai tout de suite compris qu'il savait. Il ne touchait pas à son assiette. La fixait en se balançant très légèrement, d'avant en arrière. La tête collée aux épaules, le visage blême sous les cheveux trempés, il se mordait les joues. On aurait dit qu'il se tenait sur ses gardes. Qu'il anticipait un coup. Se préparait à se protéger de ses mains. Que savait-il que j'ignorais alors ? Avait-il eu des précisions ? Savait-il pourquoi, pour la première fois depuis des années, nous dînions sans que la télévision soit branchée sur le journal de TF1 ? Savait-il déjà ce qui allait s'abattre ? Soudain le téléphone de ma mère s'est mis à vibrer. J'ai vu s'afficher le nom de Laborde. Plus précisément son prénom, Jean-François. Elle a saisi son appareil et s'est levée sans nous adresser le moindre regard. Nous l'avons entendue répondre tandis qu'elle grimpait les escaliers. Puis elle s'est enfermée dans sa chambre. Un silence glacial a alors envahi le salon. Notre père s'était muré en lui-même, inaccessible. Qu'est-ce qui se passe ? Les mots me restaient au bord des lèvres. Ils me paraissaient imprononçables. Menaçants. Bourrés d'explosifs. Aborder le problème devant lui, dans cette atmosphère au couteau, revenait à soulever des questions piégées. En quoi cela concernait-il véritablement ma mère ? Pourquoi cette nouvelle la plongeait-elle dans cet état ? Et lui ? Je ne l'avais jamais vu si fermé, si froid. Pourquoi se tenait-il ainsi ? Que craignait-il ? En parler me semblait acter que Laborde et ma mère puissent entretenir autre chose qu'un lien strictement professionnel. Évoquer ces accusations me paraissait suggérer qu'elles puissent, d'une manière ou d'une autre, l'inclure. Par-dessus tout, la nature même des accusations, leur caractère sexuel diffusaient autour de nous une gêne que je ne parvenais pas à surmonter. Quelque chose dans tout cela était trop sale, trop trouble, trop honteux pour qu'on puisse seulement aborder le sujet. Surtout dans une famille comme la nôtre. Je ne sais plus ce qui a soudain brisé cet immobilisme. Ce qui a poussé mon père à engueuler mon frère. À lui hurler dessus, le visage convulsé, rougi de colère. Peut-être avait-il éternué sans couvrir de sa main son nez ou sa bouche. Ou laissé tomber sa fourchette sur le carrelage. Répondu qu'il n'avait pas faim quand il lui avait ordonné de finir son assiette. Que ses cheveux finiraient bien par sécher quand il lui avait fait remarquer qu'ils étaient encore mouillés. Il ne voulait plus nous entendre. Ne plus nous voir dans le salon. Ni au rez-de-chaussée. Nous étions consignés dans nos chambres. Chacun dans la sienne. Et n'avions pas intérêt à produire le moindre son. Nous avons obtempéré. Camille peinait à se contenir. Il tremblait. Les mâchoires contractées à l'extrême. Les yeux déjà humides. Je le savais si vulnérable. Sans carapace. Sans armure. J'aurais voulu le serrer dans mes bras, le consoler. J'aurais voulu m'allonger à ses côtés, allumer la musique et regarder avec lui le plafond qu'il avait semé d'étoiles quelques années plus tôt, ulcérant notre père qui lui avait reproché de dégueulasser la maison. Discuter à voix basse de sa vie au collège, ou de la mienne au lycée, de ses potes ou des miens, de nos profs, de telle ou telle émission de télévision, de tel ou tel chanteur, de tel ou tel film et, souvent, finalement, de nos parents à qui il avait mille reproches à adresser. J'ai repris ma place à mon bureau. De l'autre côté des vitres s'alignaient les pavillons d'en face, uniformes et serrés les uns contre les autres, légèrement orangés par la boule luminescente du réverbère. Aux fenêtres allumées apparaissaient des silhouettes, se découpaient des ombres. Dans les salons vibrait la lueur bleutée des téléviseurs. Dans les cuisines, on débarrassait le dîner. Dans les chambres troublées par de fins rideaux colorés on se changeait, consultait un ordinateur, finissait ses devoirs. Léa vivait dans la maison d'en face. Je ne la connaissais que de vue. Ne lui avais jamais adressé la parole. De son côté elle ne faisait aucun cas de mon existence. Quand nous nous croisions dans la rue, son regard me transperçait pour poursuivre au-delà, me réduisant à ce que j'étais. Un être transparent. Une quantité négligeable. Elle étudiait à Paris, avoisinait les vingt ans et alimentait tous mes fantasmes. Chaque soir, je guettais le moment où sa fenêtre s'éclairerait. Où je pourrais la regarder se dévêtir avant de se mettre au lit. Mais chaque soir le même scénario se reproduisait. Elle coiffait ses cheveux. Puis elle ôtait sa veste, un cardigan ou autre chose, posait soigneusement le tout sur le dossier d'une chaise, et semblait à ce moment seulement s'apercevoir que de chez les voisins on pouvait la voir. Alors elle actionnait le volet, soustrayant la suite des opérations à mon regard. Une fois, une seule, le début du miracle a eu lieu. Elle a oublié d'abaisser le volet. Et je l'ai vue ôter son tee-shirt, j'ai aperçu son ventre et ses épaules, et sa poitrine soulignée par le noir d'un soutien-gorge. J'en ai eu le souffle coupé. Elle a croisé ses mains dans son dos pour le défaire. Une bretelle a glissé. Et soudain elle s'est reprise. A appuyé sur le bouton. Rideau. Mais c'était déjà quelque chose. Et j'avais usé là-dessus pas mal de rêveries poisseuses. Ce soir-là, sa fenêtre est restée éteinte. Peut-être dormait-elle chez une amie. Ou chez son mec. Peut-être baisait-elle avec lui en ce moment même. Un peu plus tard, j'ai vu ma mère sortir de la maison, rejoindre sa voiture et démarrer en trombe. Où se rendait-elle ? À une réunion de crise avec Laborde ? Le rejoignait-elle pour le soutenir dans l'épreuve ? Lui fournir un peu de réconfort ? Et que faisait mon père au salon ? Que savait-il à ce moment précis ? Je me le suis longtemps demandé. Savait-il pertinemment que ma mère couchait avec Laborde, même si elle le nia jusqu'au bout, devant les médias et jusqu'au nez des policiers qui l'interrogèrent lors de sa garde à vue, puis dans le bureau du juge lors des auditions et même à l'occasion des confrontations qui furent organisées avec Celia B. et Lydie S. ? Avait-il déjà appris ce que j'ignorais encore, jusque dans le bus qui me mènerait au lycée le lendemain, alors que s'abattraient sur moi tant de regards appuyés, que bruisseraient tant de murmures ? Jusqu'à ce que Nicolas grimpe à l'arrêt suivant et me demande comment j'allais, si je tenais le coup, sans que je sache de quoi il s'inquiétait à ce point.

10

Tout le monde savait à part moi. Tout le monde dans la ville où nous vivions. Tout le monde dans celles qui la jouxtaient et irriguaient le lycée. Chaque élève ou presque. Chaque professeur. Et tout le monde en France. Du moins, toute personne ayant regardé les informations sur TF1, France 2, France 3 ou LCI. Toute personne ayant branché son poste sur France Inter, RTL ou Europe 1. Toute personne ayant ouvert *Le Parisien*, *Libération* ou *Le Figaro* le matin même. Jean-François Laborde, sénateur maire de M., ministre délégué en exercice, était accusé de viol et d'agression sexuelle sur les personnes de Celia B. et Lydie S., alors actuelle et potentielle employées de la mairie. Et ma mère l'était aussi.

Les plaignantes affirmaient qu'elle était là ce soir-là, lors de l'inauguration d'une exposition dédiée à l'histoire de la ville. Et qu'elle y était encore après le raout agrémenté des petits-fours, verres de mousseux et discours réglementaires. Au prétexte de s'entretenir avec elles de leur avenir professionnel, Laborde et ma mère avaient invité les deux femmes à poursuivre la soirée en petit comité dans les bureaux de la mairie. Et s'y étaient livrés sous leurs yeux, et non sans avoir pris soin de fermer la porte à clé, à diverses activités sexuelles. Puis ils les avaient contraintes à y participer. Tout cela, précisaient-elles, s'était produit trois mois plus tôt.

Le bus s'est arrêté devant le lycée. Je l'ai laissé se vider, incapable d'exécuter le moindre geste. Nicolas venait de me dessiller. La nouvelle m'était tombée dessus comme une masse énorme, des tonnes de fonte. J'étais littéralement écrasé. J'avais la nausée et le cerveau bourré de coton. Aucune pensée, aucune image ne parvenait à se frayer un chemin au creux de ma conscience. Ou seulement celle de mon frère. Camille. Oui, ça je m'en souviens nettement, aussi inconcevable que cela puisse paraître, je n'ai pas pensé à ma mère. Dans un premier temps je n'ai pas pensé à elle, à son innocence inquestionnable à mes yeux, et à l'horreur d'être ainsi traînée dans la boue sous le regard de la France entière, elle la mère de famille modèle, la paroissienne accomplie, la citoyenne impliquée, la star des lotissements de M. Non je n'ai pas pensé à elle. Seulement à Camille. Il était en classe de troisième, et souffrait déjà de ne pas s'intégrer, à cause de ma mère, affirmait-il. Cela me paraissait exagéré, s'il se sentait exclu cela tenait peut-être aussi à sa propre personnalité, son hypersensibilité et son allure de crevette, sa timidité maladive et son caractère solitaire, son goût pour les livres et les films sans effets spéciaux, son peu d'appétit pour le sport et la camaraderie virile l'excluaient d'emblée, mais qui étais-je pour lui dénier le droit de ressentir les choses de cette manière ? Je l'imaginais se pointer au collège et subir plus violemment encore que d'habitude le regard des autres, les remarques scabreuses, l'hostilité et le rejet, oui c'est tout de suite à cela que j'ai pensé, aux sarcasmes infantiles et à la honte qu'il lui faudrait affronter. J'ai fini par me lever et j'ai quitté le bus sous le regard impatient du chauffeur. Devant la grille du lycée, j'ai hésité un instant. Perchés dans les grands marronniers déplumés qui encadraient la grille, deux corbeaux me fixaient. Le long de l'allée principale, que bordaient les bâtiments où se tenaient les cours, les autres élèves attendaient la sonnerie, regroupés en grappes homogènes. Ils me faisaient une haie de déshonneur. J'ai senti leurs regards me suivre jusqu'au fond du parc, où je me suis enfoncé sans leur adresser un regard. Nicolas m'a rattrapé par la manche et m'a demandé où j'allais, sincèrement inquiet. Je lui ai répondu que je me sentais mal, que j'avais besoin de m'isoler un peu, de respirer, j'arrivais. Tu veux que je reste avec toi ? Non, vas-y, l'ai-je rassuré. Ne te mets pas en retard. Il y a le contrôle. J'ai continué à marcher jusqu'à cette parcelle arborée où s'étendait la pelouse, ce côté du complexe où aux beaux jours les élèves se prélassaient entre les cours, se pelotaient un peu, se planquaient derrière une haie pour faire tourner un joint. La pluie s'est soudain mise à tomber, chargée de givre. J'ai levé les yeux au ciel et il était d'un noir charbonneux. Je me suis abrité sous un frêne. Rien ne m'y protégeait vraiment. Le vent emportait avec lui ses dernières feuilles. Le grésil me griffait au visage, me lacérait les yeux. Tout était liquide et confus. Je claquais des dents. Je me suis remis en marche, je ne savais pas où j'allais, j'avais juste besoin de marcher, de mettre de l'ordre dans mes pensées. Dans mon cerveau figé, pris dans les glaces, le visage de Camille s'affichait en plan fixe, obsessionnel, ne laissait la place à rien d'autre. Je ne pensais pas à ma mère. Je ne pensais pas à mon père. Je n'avais aucune envie de rentrer. Je sais à quel point cela peut paraître inhumain. Je sais que j'aurais dû me précipiter au chevet de ma mère. Vérifier qu'elle tenait le coup, qu'elle encaissait. Constater combien elle était effondrée, humiliée, ou sereine au contraire. Forte dans l'épreuve. Sûre de son bon droit. De son innocence. S'en remettant en toute confiance à la justice de ce pays, à la vérité qui finissait toujours par triompher, s'en tenant à l'invraisemblance de ces accusations qui les faisait tomber d'elles-mêmes. Regardant de haut ce qui n'était que ragots de déséquilibrées, manipulation de femmes paumées sans scrupules et mues par l'appât du gain ou le désir de vengeance. Une affaire montée de toutes pièces pour nuire à Laborde, ruiner sa réputation et détruire sa carrière. Position qu'elle a tenue jusqu'au bout. En public, du moins. Position de la conscience tranquille et du mépris des quolibets, des rumeurs, des jugements, des agressions verbales, des insultes, des graffitis obscènes constellant sa voiture ainsi que les murs de notre maison, qui en seraient désormais, et jusqu'à ce que je me tire en laissant derrière moi toute cette merde, jusqu'à ce que je me sauve, dans les deux sens du terme, sans jamais revenir sur mes pas, maculés sans relâche. J'ignorais alors que de toute manière, à ce moment précis, tandis que je ne songeais même pas à la rejoindre, à m'inquiéter de son sort, mais seulement de celui de mon frère, ma mère était en garde à vue, interrogée dans un bureau en jouxtant un autre où l'on entendait Jean-François Laborde.

La sortie principale était fermée par une lourde grille, hérissée de pointes de fer. Elle ne s'ouvrait qu'une fois par heure, au moment des pauses qui séparaient les cours. J'ai pris la direction du parking. Une simple barrière y filtrait les voitures. Le gardien surveillait les allées et venues mais il suffisait de courir : jamais on n'avait vu ce gros porc poursuivre le moindre fuyard. Je me suis retrouvé dans la rue. La pluie redoublait, se tendait maintenant en cordes épaisses qui traversaient mes vêtements. J'ai couru jusque chez Bulle. Avec ses murs orange, ses affiches de ciné, ses posters de groupes de rock, ses baffles diffusant de la musique à plein volume, c'était le café préféré des branleurs du lycée. On s'y retrouvait à midi pour manger un sandwich, jouer aux cartes ou au flipper, se faire un billard ou une partie de baby-foot. Y traînaient aussi quelques vieux poivrots, que tout ce bordel ne paraissait pas déranger. Rien ne pouvait les distraire des petits blancs et des pastis qu'ils s'envoyaient à la file, avec une détermination quasi professionnelle. Je me suis installé à ma table habituelle, un peu au fond, légèrement à l'écart. Kurt Cobain me fixait avec ce regard de chien battu qui semblait prier pour qu'une balle vienne se loger sous son crâne et le délivrer. Et c'est là que je l'ai vue. Laetitia Laborde. La fille du maire. Seule à sa table, le bas du visage camouflé par son écharpe, les yeux perdus sous les mèches de cheveux noirs. Elle était en première elle aussi. Je ne la connaissais que de vue. Nous n'avions, avant le lycée, jamais fréquenté le même établissement. N'avions jamais été proches, n'étions reliés par aucun cercle, aucune activité. Avant d'entrer en seconde, je pense même que je ne l'avais jamais vue, identifiée. C'est Nicolas qui me l'avait désignée un jour : tiens, c'est la fille du maire, elle est pas mal, non, ta future demi-sœur ? J'avais rigolé de bon cœur : nous avions pris l'habitude d'adopter un ton sarcastique pour tout ce qui concernait la rumeur selon laquelle Laborde fricotait avec ma mère. Et, consciemment ou non, jusqu'à ce jour, nous nous étions scrupuleusement évités. Ne nous étions jamais adressé la parole. Je ne savais rien d'elle. Sinon ce qu'elle laissait paraître. Un genre de distance un peu hautaine, et un entourage de petites bourges arrogantes, sûres de leur valeur et de leur supériorité, aussi bien physique qu'intellectuelle.

Évidemment, c'était bien mal la connaître.

Ses yeux ont croisé mon regard et aussitôt elle s'est levée, s'est emparée de ses affaires et a quitté le café en trombe. J'étais apparemment la dernière personne qu'elle ait envie de voir.

11

Je ne suis rentré qu'à la tombée du jour. J'avais erré aux abords du collège une partie de la matinée, guettant mon frère à travers les vitres des classes, dans la cour au moment des pauses. La pluie avait cessé et un soleil blanc faisait briller les poutres métalliques des deux préfabriqués qu'on avait érigés quinze ans plus tôt en attendant. En attendant quoi, personne ne l'avait jamais su. Tout était resté en l'état. De larges flaques d'eau s'étendaient au pied des bâtiments bleu nuit. J'avais attendu un moment le long des grilles, puis près du garage à vélo dont le toit avait l'air d'avoir été taillé dans l'amiante. De temps à autre je traversais la rue pour regarder les types qui s'échinaient sur les courts de tennis du club voisin. C'étaient des vieux pour la plupart. Ils jouaient en marchant, et leurs gestes semblaient filmés au ralenti. Même ainsi, certains d'entre eux auraient pu me mettre une branlée. Ce qu'ils perdaient en vitesse, ils le gagnaient en patience et en précision. Le privilège de l'âge, j'imagine. Puis je reprenais mon poste d'observation. La sonnerie retentissait et des nuées de collégiens envahissaient la cour. Je le guettais, prêt à lui faire signe, mais il n'était jamais apparu. J'avais tué le reste de la journée en marchant comme un zombie dans les rues désertes. Les adultes étaient au travail, les enfants à l'école. Ne restaient que quelques vieillards traînant des caddies, jouant aux boules sur le terrain derrière la mairie, s'affairant dans leurs jardins à l'abri des portails fermés à double tour. J'avais reculé au maximum le moment de rentrer. Je ne savais pas à quoi m'attendre. Allais-je trouver ma mère effondrée ? En panique ? Hystérique ? Allais-je les trouver, elle et mon père, soudés dans la tempête ? Ou au contraire en pleine explication, se déchirant, s'insultant ? Je réalise aujourd'hui combien j'étais peu solidaire de la situation. Comme si une part de moi, même enfouie, même inconsiente, était déjà convaincue que ces accusations se fondaient sur des faits réels. Comme si je ne parvenais pas tout à fait à me représenter la situation dans ce qui aurait pourtant dû me paraître évident : des gens malveillants répandaient d'immondes rumeurs sur ma mère et nous, sa famille, nous devions de la protéger et de faire corps avec elle, ne jamais être pris en défaut de la soutenir dans le long combat qui s'annonçait.

J'ai poussé la porte et à nouveau il était là, avait quitté son bureau en milieu d'après-midi, lui qui ne rentrait jamais à la maison avant dix-neuf heures. Il était assis à la table du salon, les yeux dans le vague, une main sur la cuisse et l'autre tapotant nerveusement le bois laqué de noir. J'ai déposé mon sac dans l'entrée, ôté mes chaussures. J'ai hésité à le rejoindre. Je ne voyais pas comment m'y prendre. Quels mots prononcer. Quels gestes effectuer. Nous évoluions dans les glaces depuis si longtemps qu'elles semblaient impossibles à fendre. Soudain mon père a tourné son visage dans ma direction. Il m'a fixé d'un regard d'acier. Si dur qu'il en était presque méconnaissable. Va chercher ton frère. C'est tout ce qu'il a dit. Sur ce ton qui ne laissait aucune marge de manœuvre. Je me suis exécuté. J'ai grimpé les escaliers et j'ai frappé à la porte de la chambre de Camille. J'ai entendu ses pas à l'intérieur, et le verrou qu'il tournait. La porte s'est ouverte sur son visage défait, ses yeux rougis, sa peau livide. Il a serré mon bras, son corps entier semblait soumis à des décharges, les dents serrées il répétait : c'était horrible, ça va être horrible, tout le monde en parle au collège, tout le monde m'appelle le fils de la pute, on m'a craché dessus. Comment elle a pu nous faire ça, comment elle a pu nous faire ça ? Je ne parvenais pas à le calmer, ni à le raisonner. J'étais sidéré. Qu'il n'envisage pas les choses uniquement sous l'angle de la rumeur malveillante qu'il faudrait combattre, de la réputation ruinée qu'il faudrait reconquérir. Qu'il parte du principe que, d'une manière ou d'une autre, notre mère était responsable de ce qui lui arrivait. Je l'ai supplié de se calmer, de reprendre ses esprits, de ne pas croire un traître mot de ces accusations, de m'accompagner au salon où nous attendait notre père, avant que celui-ci ne s'impatiente et ne déboule, le visage convulsé et furieux. Il détestait par-dessus tout qu'on n'obtempère pas à la seconde même. Qu'on le contredise d'une façon ou d'une autre. En mots, en gestes, en attitudes. Il le savait aussi bien que moi.

Nous l'avons rejoint et ce qu'il avait à nous dire tenait en très peu de mots. Notre mère était en garde à vue. La police avait souhaité l'entendre. Elle y passerait sûrement la nuit et rentrerait le lendemain. Mais il voulait que nous sachions, même s'il n'osait penser une seule seconde que nous puissions en douter, que toute cette affaire était montée de toutes pièces. Notre mère entretenait avec Jean-François Laborde une relation purement professionnelle. Il voulait que ce soit bien clair. Et ces femmes étaient deux paumées, deux filles psychologiquement instables, qui cherchaient à soutirer de l'argent au maire, ou à lui nuire d'une manière ou d'une autre. On avait dû les manipuler. Il y avait là-dessous un règlement de comptes, personnel ou politique, peut-être même un complot, c'était tout à fait envisageable : Laborde était ministre, sénateur, cadre influent au sein de sa formation politique et ce genre de chose arrivait quand on évoluait dans ces sphères sans foi ni loi. Tout ça serait bientôt réglé, mais il faudrait du temps pour laver l'affront et ôter le soupçon de l'esprit des voisins, des gens autour, des journalistes, de tout le monde. Il faudrait filer droit et ne pas fatiguer notre mère à son retour. Ne pas faire d'histoires. Ne surtout pas l'emmerder. Pas une seconde il n'a été question de nous, de ce qui nous attendait. De ce que Camille avait déjà commencé à subir. Pas un instant il n'a été question du soutien, de l'amour, de la confiance que nous aurions pu témoigner à notre mère. De tels mots m'auraient tellement surpris dans sa bouche. Je ne me suis même pas étonné qu'il ne les prononce pas. Non. Il voulait simplement qu'on n'en rajoute pas, qu'on ne fasse pas d'histoires.

À nouveau, un silence de marbre a pris toute la place. Visiblement la conversation était terminée. Il n'avait rien d'autre à partager avec nous. Ni doute, ni inquiétude, ni effroi. C'est à ce moment précis que Camille a craqué. Qu'explosant il a mis le feu aux poudres. Qu'il s'est mis à cracher que tout le monde savait pour Laborde et maman. Que tout le monde savait que maman était sa maîtresse. Qu'il s'est mis à demander en hurlant : ça lui suffisait pas de coucher avec Laborde et que tout le monde le sache, ça lui suffisait pas de nous foutre la honte comme ça devant la ville entière… Je suis resté interloqué. Sous le choc. Je ne l'avais jamais vu comme ça. Lui si effacé d'ordinaire. Et ces mots qu'il avait prononcés. Comme s'il n'avait pas le moindre doute. Il criait encore quand mon père s'est levé et l'a giflé. Si violemment qu'il est tombé à la renverse et que son nez s'est mis à pisser le sang. Je l'ai relevé et l'ai tiré jusqu'à l'escalier, puis jusque dans sa chambre, dont j'ai fermé le verrou. Il pleurait à en vomir. Dans notre dos notre père hurlait, tambourinait comme un taré. Nous étions des merdes. Des petites merdes ingrates et inhumaines. Des petites merdes qui ne respectaient rien. Même pas leur mère. Des petites merdes qui préféraient croire à des ragots dégueulasses plutôt qu'à leur mère qui s'était sacrifiée pour eux, qui leur avait tout donné, qui avait renoncé à tout pour les élever. Aucun de ces mots n'avait le moindre sens. Mais plus rien n'en avait déjà. Plus rien n'en aurait jamais désormais.

J'ai aidé Camille à s'allonger sur son lit, et je me suis glissé près de lui. J'aurais voulu l'enlacer, caresser ses cheveux, son front, j'aurais voulu le bercer comme un enfant. J'ai nettoyé le sang et la morve sur son visage. Je suis resté près de lui, figé dans le silence. Nous n'avons pas dîné ce soir-là. Ne nous sommes pas risqués à quitter sa chambre. Nous n'avons même pas parlé. Nous nous sommes contentés de nous terrer dans la nuit introuvable, nimbés par la lueur pâle des réverbères, déposant sur les murs, sur chaque meuble, chaque objet, une mince pellicule argentine. Avons-nous trouvé le sommeil ? Je ne crois pas. J'avais les yeux grands ouverts quand vers trois heures du matin des bruits m'ont alerté. Je me suis levé et j'ai regardé par la fenêtre. Dans la rue déserte, le dédale de maisons pâles, légèrement phosphorescentes, mon père courait après deux types qui prenaient la fuite à toutes jambes. Des chiens gueulaient à leur passage. Il ne les a jamais rattrapés. Je l'ai vu reprendre son souffle au milieu du bitume lissé par la pénombre, des voitures garées parallèles, étincelantes. Fixer l'horizon de crépi et tuiles orange les bras ballants. Je suis retourné me coucher près de

Camille, ses yeux étaient clos et son visage couvert de larmes. Depuis combien de temps coulaient-elles en filet continu du coin de ses paupières ? Pleurait-il en dormant ? S'était-il seulement assoupi ? Au salon j'entendais mon père s'agiter. Faire les cent pas. Ouvrir puis refermer la porte d'entrée, surveillant les alentours, vérifiant que les types ne revenaient pas. Qui étaient-ils ? Pourquoi mon père les avait-il poursuivis ainsi, jusqu'à les voir disparaître dans la nuit pavillonnaire ? Ce n'est qu'au lever du jour que je comprendrais. Ce n'est qu'au lever du jour qu'ouvrant la porte pour m'assurer que la voiture de notre père n'était plus là je découvrirais les murs de notre maison maculés de graffitis obscènes, d'inscriptions insultant notre mère et Jean-François Laborde. Ce n'est qu'au lever du jour aussi, dans la maison silencieuse, me risquant dans le salon désert, me branchant sur l'ordinateur, que je constaterais que l'affaire faisait la une de tous les médias. Partout le nom de ma mère s'affichait, son visage apparaissait sur des dizaines de sites, sur certains d'entre eux on dressait même son portrait. Son statut de mère de famille sans histoires, de citoyenne engagée dans la vie municipale était contredit dans la phrase même par celui, visiblement officiel, de maîtresse du maire. De courtisane. De Pompadour de banlieue. Déjà, dans plusieurs articles, on apprenait que l'avocat de Laborde mettait en cause la fiabilité des plaignantes, et s'en tenait à cette défense : ces deux femmes, dont les papiers précisaient que l'une était métisse, l'autre d'origine maghrébine, et soulignaient la nature instable, le parcours chaotique (pères aux abonnés absents, enfances pauvres, HLM et foyers, études réduites au strict minimum, chômage et petits boulots jusqu'à l'embauche à la mairie, ou au moins sa perspective), la vie sentimentale et familiale agitée (on évoquait une intervention de police au domicile de l'une, après des violences infligées par le compagnon du moment, on évoquait le placement du fils aîné de l'autre), ces deux femmes, dont l'une avait fait un séjour récent en hôpital psychiatrique et qu'on décrivait comme dépressive, dont l'autre était soi-disant en délicatesse avec la drogue, ces deux femmes, qui avaient attendu trois mois avant de porter plainte, cherchaient, pour une raison encore indéterminée, à nuire à Laborde, et à lui soutirer de l'argent. Voilà ce qu'on pouvait lire un peu partout, sans formule de précaution ni usage du conditionnel, relayant la parole de l'avocat comme un Évangile. Voilà ce qu'on trouvait ce matin-là dans la presse et sur la Toile : le commun des commentaires dans ce genre de situation, le réflexe habituel quand un puissant est accusé par un quidam, surtout si ce quidam s'avère être une femme. Et, qui plus est, une femme d'origine immigrée. J'ai entendu la porte claquer dans mon dos. C'était mon père. J'ai quitté les sites d'informations où je surfais, mais c'était trop tard. Absorbé par ce que je lisais, je n'avais pas entendu la voiture. Il m'a hurlé dessus. Je n'étais décidément qu'un petit con. Un petit con qui osait lire ces putains de torchons au lieu de s'inquiéter pour sa mère. Il a poursuivi un moment dans ce registre, puis m'a ordonné d'aller chercher mon frère : nous avions du boulot. J'ai balbutié que nous devions nous préparer pour l'école. Il a répondu qu'il s'en foutait. Que nous n'irions pas en cours aujourd'hui. Que nous allions attendre le retour de notre mère. C'était la moindre des choses. À moins d'être des animaux, de stupides animaux sans cervelle et sans cœur, c'est ainsi qu'il aurait dû nous paraître évident de nous comporter. Nous ne devrions même pas nous poser la question un seul instant. N'importe quel enfant normal dans cette situation ne penserait pas une seconde à se rendre où que ce soit. Mais resterait avec son père à attendre le retour de sa mère.

Quand je suis revenu au salon, avec Camille dans mon dos, la porte d'entrée était grande ouverte. Sur le palier se tenaient trois grands seaux remplis d'eau troublée par je ne sais quel nettoyant industriel, et trois balais-brosses. Notre père nous attendait. Nous allions lessiver les murs. Il était hors de question que notre mère voie ces saloperies en rentrant.

C'est le dernier souvenir absolument précis que je garde de cette période. Jusqu'à ces heures que nous avons passées à frotter les murs crépis de rose, à regarder dégouliner l'encre diluée et les inscriptions pâlir peu à peu sans jamais tout à fait disparaître, je parviens à peu près à recomposer le fil des choses. Jusqu'à ces moments où, sous l'œil de nos voisins muets, ne nous adressant même pas un bonjour, pressant le pas, nous tentions de laver l'affront, d'effacer concrètement la souillure, sans y parvenir tout à fait, les inscriptions laissant sur le crépi leurs traces baveuses, comme un présage de ce qui allait suivre, la salissure impossible à nettoyer, le soupçon à éteindre, les rumeurs à endiguer, je me remémore les choses dans l'ordre où elles se sont produites. Après, inexplicablement, ma mémoire devient floue, contrariée, emmêlée. Comme si seule la déflagration initiale s'était parfaitement inscrite sur ma rétine, avait tout figé en une scène éclatante de détails et de clarté. Et qu'ensuite la vie n'en avait pas fini de trembler, de tressauter, parcourue de secousses et de répliques. Bien sûr, sur le moment, tout laissait à penser que nous étions dans le dur. Que ces accusations, cette garde à vue, constituaient le pire de ce que nous aurions à affronter. Pourtant ce n'était qu'un début. Oui, rien ne m'apparaîtrait plus jamais aussi clairement que ces moments passés à nettoyer, brosser, frotter ces insultes et ces accusations sur nos murs à la vue de nos voisins, des camarades de Camille ou des miens qui partaient au collège ou se dirigeaient vers l'arrêt de bus pour gagner le lycée, des voisines qui accompagnaient leur marmaille à l'école primaire ou maternelle, des voisins qui s'engouffraient dans leurs voitures pour rejoindre la gare, leur TER, leurs bureaux, leurs commerces, leurs réunions. Tout ce qui suivrait resterait sujet à caution, empilement de faits et de supputations, de scènes vécues et d'articles de journaux. Tout apparaîtrait dans la lumière faussée des réinterprétations, des relectures a posteriori, éclairées par ce que Laetitia ou mon frère me révéleraient, par ce que l'enquête établirait, par ce que les journaux sous-entendraient.

Ma mère est arrivée en début d'après-midi. Nous frottions les murs avec acharnement depuis plusieurs heures, ne nous étions pas interrompus un seul instant, même pas pour manger ou nous rendre aux toilettes. Notre maison rose-beige était striée de coulées vertes, noires et violettes. Même si des traces subsistaient, mon père s'acharnait à rendre les mots dont elles étaient les fantômes illisibles. Il voulait qu'à défaut d'ignorer qu'on avait vandalisé nos murs, qu'on y avait inscrit des phrases insultantes et accusatrices, ma mère ne puisse en deviner le contenu exact. Comme si les rendre incertaines en diminuait la portée. Elle est sortie de la voiture avec sa raideur et sa posture d'aspirante femme du monde habituelle, légèrement hautaine. Mais son sourire rituel, mécanique et faux, cette grimace permanente, ce rictus d'affabilité feinte s'étaient effacés au profit d'autre chose. Une sorte d'absence. D'égarement. Une opacité indéchiffrable. Mon père s'est précipité vers elle, laissant en plan les seaux et les balais. Il a pris son bras et l'a accompagnée dans la maison, la soutenant comme s'il s'agissait d'une femme gravement malade, la survivante d'un attentat ou d'une catastrophe naturelle. Elle nous a embrassés sur le front, elle était contente de nous voir mais il fallait l'excuser, elle était un peu fatiguée et avait besoin de repos. Mais nous ne devions pas nous inquiéter. Tout allait bien. Elle s'adressait à nous avec une douceur exacerbée, une tendresse inhabituelle, que j'ai mises alors sur le compte de l'épuisement, de l'épreuve qu'elle venait de subir. Elle est entrée dans la maison, avec notre père. Nous les avons suivis et ils n'ont plus tenu aucun compte de notre présence. Se sont enfermés dans leur chambre jusqu'à ce que la nuit tombe.

Vers dix neuf-heures mon père est descendu pour nous dire de nous débrouiller pour le repas, et nous demander de ne pas faire de bruit : notre mère dormait. Avant de remonter, il nous a interdit de regarder la télévision et s'est dirigé vers l'ordinateur, l'a débranché, ainsi que la connexion et le boîtier ADSL, qu'il a pris sous son bras pour les cacher quelque part, je n'ai jamais su où, n'ai jamais cherché à le savoir.

12

Le lendemain, les jours, les semaines, les mois qui suivirent s'écoulèrent avec la consistance d'un mauvais rêve, prenant parfois la texture d'un réel insupportablement épais, comme saturé de lui-même, et parfois celle, cotonneuse et voilée, d'un songe un peu trouble. Ma mère ne sortait plus de la maison. Passait le plus clair de son temps dans sa chambre. Elle n'était plus que l'ombre d'elle-même, ne se maquillait plus, se coiffait à peine, ne prenait plus la peine d'enfiler ses jupes et ses corsages de marque. Pareille à une star fanée, tombant le costume, elle devenait méconnaissable. Souvent, j'entendais sa voix au téléphone. Je n'ai jamais su qui elle appelait ainsi. Il arrivait que le ton monte. Parfois c'était celui de la conspiration. Parfois encore, elle éclatait en sanglots. Le reste du temps, elle n'était plus qu'une présence mécanique et raide, fantomatique. Elle exécutait les gestes du quotidien comme un robot, restait de longues minutes immobile le regard dans le vide, s'interrompant au beau milieu d'une tâche quelconque, se plongeait dans des lectures qui n'avançaient jamais d'une page, visiblement incapable de se concentrer, quittait la table en plein repas au prétexte de migraines quasi quotidiennes, s'enfermait des heures entières dans la salle de bain, laissant l'eau refroidir dans la baignoire jusqu'à ce qu'elle en sorte tremblante de froid, ne répondait qu'au bout de trois ou quatre fois quand nous l'interpellions, acquiesçait sans conviction aux rares phrases que nous lui adressions, ne faisait qu'à peine mine de s'intéresser à ce qu'avait été notre journée, et dont nous ne pouvions pourtant rien lui dire : il était absolument interdit d'aborder le seul sujet qui pourtant suintait de toutes parts, tournait en boucle sous nos crânes, y projetait désormais des images insoutenables, absolument obscènes, des images auxquelles je continuais à refuser de croire mais qui s'entrechoquaient tout de même, ma mère faisant tourner la clé et la dissimulant dans la poche d'un de ses vêtements, le maire l'attirant à lui et ouvrant son chemisier, dégrafant son soutien-gorge, soulevant sa jupe, pressant légèrement ses épaules vers le sol dans un geste entendu. Les deux femmes un peu éméchées forcées de regarder ma mère engloutir le sexe du maire, dans la pièce où elles étaient prises au piège. Puis ma mère s'approchant d'elles et entreprenant de les déshabiller sous la menace de la virer pour l'une, la promesse de l'embaucher pour l'autre, leur caressant la poitrine et les livrant au sénateur, à demi nues, et lui leur embrassant les seins, puis leur caressant la chatte, fourrant un doigt entre leurs lèvres, leur intimant de le toucher en leur promettant un bon salaire, une place en crèche pour le bébé de l'une, un boulot ou une promotion pour le compagnon de l'autre, puis les doigtant à nouveau alors que des larmes inondaient leurs visages, et ma mère prenant le relais et branlant le maire pendant qu'il caressait les jeunes femmes, les pétrissait, leur fourrait les doigts dans la bouche puis dans le vagin, et finissait par gicler tandis que ma mère l'embrassait à pleine bouche. Ma mère forçant les deux femmes à goûter le membre de l'édile, lequel se remettant à bander exigeait que Celia B. vienne s'empaler sur son sexe, tandis que ma mère lui tenait les épaules, la maintenant en place, veillant à ce qu'elle s'exécute docilement, jusqu'à ce que Laborde jouisse à nouveau. Des images qu'il m'était impossible de me représenter mais qui s'insinuaient tout de même par éclairs, s'introduisant malgré moi désormais, depuis que les dépositions de Celia B. et Lydie S. avaient été rendues publiques, à la fois précises et imprécises, imprécises parce que contradictoires entre elles, Celia mentionnant une pénétration alors que Lydie s'en tenait à des manœuvres digitales ou buccales, l'une évoquant l'obligation sous la menace physique du maire de lécher ma mère, l'autre seulement de lui bouffer les tétons en la caressant. Contradictions qui participèrent à la mise en doute de leurs accusations.

Notre père, quant à lui, rentrait du travail beaucoup plus tôt qu'auparavant. J'ignore comment il se débrouillait avec sa hiérarchie, comment il justifiait ce nouvel emploi du temps. La maison était plongée dans un silence permanent, assourdissant. La télévision n'avait pas été rebranchée. Et les deux postes de radio avaient tout bonnement disparu. Quant à la chaîne hi-fi, il nous interdisait d'y toucher. Il se réfugiait le plus souvent dans le garage, occupé à bricoler je ne sais quoi, ou dans le jardin où il s'affairait sur un rosier, un pommier, un plant de géranium, au mépris des saisons et de leurs nécessités. Sitôt le soir tombé, il fermait tous les volets, y compris ceux de nos chambres, sans demander notre avis ni tolérer qu'on les remonte, nous enfermant dans la maison comme dans un cercueil, une cellule capitonnée, un asile de dingues. On aurait dit qu'il cherchait à ce que la maison elle-même se calfeutre, se pose la main sur les oreilles pour faire cesser le vacarme du dehors. Sur les murs de la façade, les inscriptions avaient réapparu sitôt effacées. Et au-delà, au lycée, au collège, dans les pages des journaux, chez Nicolas dont le père, eu égard à son implication dans la politique municipale, devint ma plus fiable source d'information, au-delà du silence que mon père tentait de maintenir coûte que coûte, que rien ne troublait si ce n'est chaque nuit, vers une heure, les gémissements de ma mère qu'il s'était remis à baiser – j'écris « remis » car jamais je n'avais surpris auparavant de sons, ou même de gestes tendres laissant entendre que mon père et ma mère faisaient régulièrement l'amour, ce qui me plongeait naturellement dans l'expectative : soit cette affaire avait inexplicablement rallumé leur libido, ce qui paraissait singulièrement troublant s'agissant d'une histoire de viol et d'agression sexuelle, de partouze et d'adultère municipal, soit ils avaient choisi ce moment de notre vie pour ne plus se soucier de notre présence, et agir comme si nous n'étions pas là, comme si nous n'existions pas, baisant et ne prenant plus soin d'étouffer leurs cris, leurs grognement, leurs soupirs –, nos vies au contraire, celle de Camille comme la mienne, étaient saturées de rumeurs, de conversations tenues à voix basse et dans notre dos, d'insultes, de révélations contradictoires, d'interprétations, d'insinuations. Dès que nous sortions de la maison, tout ce qu'on y tenait enfoui nous sautait littéralement au visage, nous assaillait et tentait de nous engloutir.

De tous ces mois où je désertais le plus souvent possible le domicile familial, me réfugiant au lycée ou chez Nicolas, puis auprès de Laetitia, je ne garde qu'un regret béant, une plaie impossible à cautériser : celui d'avoir abandonné Camille. Celui d'avoir voulu sauver ma peau sans songer à l'embarquer avec moi. Sans avoir l'énergie ou la présence d'esprit de vraiment me soucier de son sort, de la façon dont il vivait les choses, de la manière dont tout cela l'abîmait, lui que je savais déjà si friable. Oui, je fuyais dès que je le pouvais cette vie cloîtrée, ce silence et ces volets clos, ce mélange de prostration raide et glacée et de soudaines explosions. Dont le rythme suivait scrupuleusement, si je réfléchis bien, les développements de l'affaire. Parfois, la maison était traversée de déflagrations aussi sauvages qu'imprévisibles. Ma mère partait en vrille. Sa rage, sa détresse, sa panique la débordaient. Ces jours-là, un rien suffisait à fendiller sa carapace, à faire craquer son masque. Un rien la rendait tout à fait dingue, ou révélait la folie qui la gagnait de vivre ainsi recluse en attendant d'être blanchie, l'obligation de se soustraire aux regards qui lui était imposée. Parfois même, nous étions incapables de savoir ce qui avait déclenché la crise. Et, dans mon esprit, ces manifestations hystériques, ces colères terribles, ces insultes qu'elle déversait sur mon père ou sur nous, sa voix grinçante qui tentait par tous les moyens de nous rabaisser, de nous abattre, de nous blesser, les assiettes qu'elle envoyait valdinguer, les cris qu'elle poussait, ses crises de larmes et ses gestes inexplicables, les gifles en rafale qu'elle fit déferler sur mon père se protégeant de ses bras, la bibliothèque entière qu'elle renversa et qui s'abattit dans un fracas énorme sur la table en verre qui explosa sous la charge, toutes ces scènes qui sur le coup me laissaient douloureusement désemparé, accablé d'impuissance et de terreur, sortent désormais du brouillard avec un éclat irréel, distordu, comme éclairées au néon, surlignées de teintes criardes, visages déformés croulant sous un maquillage morbide, pour les besoins d'une farce grotesque.

Mais je dois tenter de prendre les choses dans l'ordre. Et si, pour ce qui se passait à la maison, tout se confond dans un temps trouble, à la fois suspendu et accéléré, une congélation immense zébrée d'accès de fureur et de folie malsaine, je peux au moins tenter de recomposer ce qui se tramait à l'extérieur. Quand bien même, je le compris un peu plus tard, là aussi tout n'était que vernis, petits arrangements et corruption permanente de vérités qui pourtant affirmaient s'établir, que ce soit sous la plume des journalistes ou le regard de la justice.

13

Quelques jours après la garde à vue, et après que les plaignantes ont été de nouveau entendues par la justice et confrontées aux déclarations de ma mère et de Jean-François Laborde, ce dernier démissionna de son poste de ministre délégué. Il l'annonça lors d'une conférence de presse, durant laquelle il ne fut pas un seul instant question de ma mère. Devant les caméras mobilisées pour l'occasion, il affirma vouloir se consacrer à sa défense et, je cite, mobiliser toute son énergie afin de prouver son innocence et mettre au jour les tenants et les aboutissants de l'ignoble complot dont il affirmait être la victime. Il avait aussi, avait-il clamé, à cœur de ne pas compromettre l'action du gouvernement en laissant planer sur un de ses membres l'ombre du doute. Bien sûr, cette démission n'était pas si volontaire qu'il voulait la laisser paraître. Tous les journaux le révélèrent dès le lendemain. Le Premier ministre l'avait convoqué la veille et lui avait intimé l'ordre de se retirer sans délai. Personne au sommet de l'État ne s'était clairement exprimé pour prendre sa défense. Partout, on se contentait d'affirmer qu'il fallait laisser la justice faire son travail. On le lâchait jusque dans son propre camp. Et ce lâchage jeta un premier voile sur l'un des axes de défense que présentait Laborde : ces femmes, instables, psychologiquement fragiles et influençables étaient manipulées. Il répétait ces phrases à longueur d'interview. C'était un complot. Une machination. Et, s'il en était la première victime, c'était, à travers lui, au gouvernement en exercice et au Premier ministre qu'on en voulait. Si, au plan national, on prenait ces affirmations avec une certaine prudence teintée de circonspection, tout le monde à M. semblait souscrire à cette thèse. Et dans un premier temps j'y ai cru. Sans doute parce que ça m'arrangeait. Que ma mère ait été la maîtresse de Laborde, que mon père le sache et le nie, feigne de n'en rien savoir, que ma mère ait acquis dans notre ville, par cette seule qualité, une position de pouvoir dont elle usait et, selon certains, abusait était une chose. Des comportements d'adultes vaguement sordides mais qui, pour ce que je pouvais en lire dans l'actualité, les romans que je dévorais, les films que je visionnais, relevaient du domaine du banal. Mais le reste était pour moi impossible à assimiler. Et toutes les informations qu'on m'apportait portant la preuve que rien n'avait eu lieu étaient bonnes à prendre. En bloc, et sans que jamais je ne cherche, dans un premier temps, à en contester la véracité et la logique. Par exemple, à ce moment de l'affaire, je ne me formulais jamais vraiment qu'il y avait une faille dans la défense de Laborde, et que cette faille était précisément ma mère, dont ni lui ni ses défenseurs ne parlaient jamais. Non, je ne me formulais jamais l'idée selon laquelle ces femmes, dans leur intention de porter de fausses accusations à l'encontre de Laborde, de lui nuire et lui soutirer de l'argent, n'avaient aucun intérêt à y associer son adjointe aux affaires scolaires. Elle ne pouvait être l'enjeu d'aucun complot. Elle n'était pas assez importante pour cela. Elle évoluait trop loin des hautes sphères. Plus que tout, l'accuser ne pouvait qu'ajouter de l'invraisemblance à leurs supposés mensonges. Sa simple présence dans toute cette histoire y projetait mécaniquement le doute. Pourquoi l'accuser elle aussi ? Qu'avaient-elles à y gagner ? Pourquoi l'inclure dans cette soirée, pourquoi en faire même une actrice, une participante active, une complice consentante, voire une instigatrice perverse ? Au risque notamment qu'elle ait un alibi solide à produire, et que ce dernier mette en péril la crédibilité de leurs témoignages ? Au risque surtout que tout cela apparaisse trop rocambolesque, improbable, tiré par les cheveux ? Non, je refusais de me poser ces questions. Je me contentais d'accueillir chaque jour les preuves de l'innocence de Jean-François Laborde, qu'apportaient l'enquête et les fuites qui filtraient dans la presse. On me les livrait sur un plateau. Jusqu'au lycée, où mes proches me protégeaient en permanence, m'entouraient de leur amitié et de leur sollicitude, à un point qui finit plus tard par me peser et m'encombrer, me laissant l'impression d'être un genre de grand blessé ou de malade.

Car bientôt plus personne ne me parla, ne me considéra normalement. Ni mes amis, ni mes camarades, qui me regardaient de biais ou me fuyaient. Ni mes professeurs, qui faisaient preuve à mon égard d'un genre de douceur compatissante exaspérante. À aucun moment de la journée les accusations qui se portaient sur ma mère, les rumeurs qui circulaient sur son compte ou celui de Laborde, et leurs dénégations, ne m'épargnaient. Elles interféraient sur toute chose, chaque seconde, chaque mot, chaque regard, chaque geste, même empreint de compassion, même bienveillant et réparateur. J'aurais voulu qu'on me lâche avec tout ça. Qu'on fasse comme si rien de tout cela n'existait. J'aurais voulu qu'on me regarde, me parle normalement.

Quant à Camille, je crois que pour lui les choses étaient proches de l'enfer. Contrairement à moi, il n'avait que peu d'amis et n'était entouré au collège que de gamins immatures, de préadolescents décérébrés et de jeunes filles vaguement pétasses. Il subissait du matin au soir les quolibets, les surnoms, les insultes, les blagues graveleuses, et ta mère elle suce le maire, et ta mère elle lèche des chattes arabes pour le maire, et ta mère elle doigte des blacks pendant qu'elles sucent le maire et qu'il l'encule. Certains jours il n'avait plus la force de se rendre au collège. Prétextait des maux de tête, un dérangement intestinal, un mauvais rhume. J'imagine que nos parents n'étaient pas dupes. Mais ils laissaient faire. Ils avaient d'autres chats à fouetter, je suppose.

À nouveau, les époques se mêlent et se superposent. Les semaines et les mois se confondent. Ceux qui ont suivi la garde à vue et ceux qui ont précédé la confrontation entre Laborde, ma mère et les plaignantes. Ceux qui ont précédé les auditions, les expertises. Et ceux qui ont suivi l'annonce du non-lieu. Ceux avant Laetitia et ceux après. Ceux avant que Camille ne tombe dans les pommes en pleine rue, qu'un passant alerte le Samu et qu'on le retrouve à l'hôpital. Ceux après que les médecins ont annoncé à mes parents que leur fils avait cessé de se nourrir depuis plusieurs semaines ; n'avaient-ils rien vu, rien remarqué, et son frère, moi en l'occurrence, ne s'était-il aperçu de rien ? Y avait-il eu ces temps-ci un événement déstabilisant qui pouvait expliquer son comportement ? Le docteur nous bombardait en vain. Ma mère était tout à fait absente, les yeux dans le vague rivés à la fenêtre donnant sur les arbres, et mon père semblait avant tout excédé, trépignait d'impatience, suintait la mauvaise volonté, pressé de quitter les lieux et de se soustraire à l'interrogatoire de l'interne. Il avait toujours détesté les médecins, les tenait peu ou prou pour des charlatans. Il haïssait les hôpitaux. Et les malades. Même quand il s'agissait de nous. Tu t'écoutes, nous disait-il quand nous invoquions un mal de gorge, une fièvre quelconque. Il nous engueulait toujours quand nous attrapions un rhume, soupçonnant que nous l'avions fait exprès, ou n'avions pas pris suffisamment de précautions, ce qui dans son esprit revenait au même. Je regardais mon frère voûté sur sa chaise, entre mon père et moi, faisant face au médecin qui tentait de lui lancer des regards compatissants, et je ne pouvais m'empêcher de craindre ce qui suivrait une fois sortis de l'hôpital, l'engueulade inévitable qui monterait dans la voiture. Mais étrangement rien ne se produisit. Tout le long du trajet, mon père fixa la route en silence, les dents serrées, lâchant parfois un soupir, comme si au fond cet épisode n'était à ses yeux qu'un emmerdement de plus, un emmerdement de trop.

Ceux après notre retour à la maison et la déclaration de mon frère en plein milieu du repas. C'est trop dur. C'est trop horrible au collège. Je veux partir. Et pour aller où je te prie ? avait demandé ma mère. Chez mon oncle et ma tante, avait-il répondu. Chez le frère et la belle-sœur de notre père, que nous ne voyions qu'une ou deux fois par an, que Camille et moi adorions, bien que mes parents, sans que j'en connaisse les motifs, soient en froid avec eux depuis des siècles. Là-bas à Bordeaux. Et qui te dit qu'ils voudront de toi ? Je les ai appelés. Je leur ai demandé. Et ils sont d'accord. Ils se sont renseignés et il y a une place au collège. Et Greg est OK pour que je partage sa chambre. Mais tu ne peux pas attendre que tout ça se tasse un peu ? Que la justice fasse son travail ? Que l'innocence de ta mère soit prouvée ? J'entends encore ces mots qu'a prononcés notre père. Y croyait-il sincèrement ? À cette innocence. À cette innocence réelle. Et pas seulement à celle extorquée à la justice par je ne sais quel tour de passe-passe, quelle expertise bidon, quelle acrobatie d'avocat ? Croyait-il que nous allions tenir jusqu'à ce qu'elle se fasse jour ? Même si ça devait prendre des mois, des années. Pensait-il vraiment que Camille tiendrait dans ce silence glacial, cette maison comme une tombe, à craindre les soudaines explosions de ma mère, qui oscillait entre l'absence hébétée, comme shootée, sous médication permanente, regard vide et inhumain derrière le masque figé, et les crises de larmes et autres cris hystériques, gestes d'une violence extrême et menaces de se planter un couteau dans le cœur ou de couper les couilles de notre père, puisque, criait-elle sans se soucier une seule seconde de ce que nous puissions l'entendre, il n'en avait pas, qu'il avait tout du parfait cocu, du minable et pathétique petit cocu de banlieue…

Si notre père a eu, dans toute cette histoire, un seul moment de lucidité, s'il a fourni le début d'une preuve d'amour à notre endroit, c'est ce jour-là qu'il l'a fait. Même contenant péniblement sa colère, son écœurement, son indignation, même en saisissant mon frère par le bras et en lâchant alors OK, allez casse-toi, vas-y casse-toi, je ne veux plus te voir, même en le jetant dehors, lui glissant dans les poches de quoi se payer le billet de train, ouvrant une valise et y fourrant toutes ses affaires. Je revois tout maintenant. Tout me revient. Camille en larmes avec sa valise et son sac à dos devant la maison, foutu à la porte par notre père résigné, baissant les bras. Notre père m'interdisant de le rejoindre, et moi lui répondant d'aller se faire foutre, le laissant sans réaction aucune, vaincu, amer, épuisé soudain. Je me revois sortir sous son regard médusé et rejoindre Camille.

Marcher avec lui jusqu'à la gare. Il faisait froid et il n'avait pas de manteau. Nous avons pris le TER jusqu'à la gare Saint-Lazare, puis le métro pour la gare Montparnasse, nous serrant sur les banquettes comme deux orphelins, deux enfants perdus dans la ville immense, un pays de décombres. J'ai fait la queue tandis qu'il appelait notre oncle, j'ai acheté son billet et l'ai accompagné jusqu'au train. Le TGV est parti et je me suis demandé pourquoi je ne faisais pas comme lui. Ou bien je ne me suis pas posé la question. Tout se confond. Que savais-je alors ? De quoi étais-je persuadé ? Que m'avait dit Laetitia ? Était-ce avant ou après les confrontations, les auditions ? Avant ou après les expertises, le jugement ? Sans doute bien avant. Bien avant le suicide de Celia B., en tout cas.

II

1

Jacques était d'accord. Il n'a pas posé la moindre question. C'était pourtant inhabituel. Ça n'était même jamais arrivé. Depuis ce jour où il m'avait proposé de l'aider à la librairie, pas une fois je n'avais manqué à l'appel. Pas une fois je n'avais sollicité de congé. Je n'en ressentais aucun besoin. J'aimais passer mes journées dans la boutique. Sortir à l'heure du déjeuner, manger mon sandwich sur la plage qui bordait le havre, le longer par les sentiers qui s'élevaient à flanc de falaises, guetter Chloé sur son voilier au milieu des gamins en déroute. Passer la pointe et me laisser envahir par ce sentiment d'horizon qui toujours m'étreignait, cette manière qu'avait soudain le paysage de s'ouvrir infiniment, de laisser la découpe compliquée de la côte à l'arrière-plan pour tout dévorer, et me livrer aux seules étendues. J'aimais le soir avant de regagner le hameau m'autoriser une halte à La Perle noire, siroter un demi en terrasse, planté dans les dunes en surplomb des eaux émeraude, des sables filant vers d'autres falaises. Ou bien, aux beaux jours, dériver sans fin dans le soleil couchant, glisser le long des récifs et des îlots, crépitement des algues et regards hautains des cormorans indifférents dans le sillage lisse du kayak. J'aimais, les dimanches, lire sur la plage en observant à la dérobée les gamins s'envoyer des ballons ou bâtir leurs châteaux, leurs cabanes de bois flotté, leurs palais de cailloux et de verre poli. Voir surgir à la première houle des nuées d'adolescents vêtus de combinaisons noires, s'allongeant sur leurs surfs et partant à l'assaut des vagues. J'aimais croiser ces retraités, ces amoureux aux mains jointes, longeant l'eau en silence, se livrant à leur cérémonie secrète. Chloé me rejoignait à la nuit tombée. Je l'accompagnais au cinéma, ou nous prenions un verre en ville. Puis nous faisions l'amour. Tout cela suffisait à remplir le cours de ma vie. Je n'avais besoin d'aucun congé. D'aucune échappée, d'aucune vacance.

Jacques n'a pas posé de question. Je lui ai juste annoncé que je m'absentais un jour ou deux. Je n'en ai pas précisé les motifs. Qu'aurais-je bien pu avancer ? D'obscures raisons familiales ? Moi qui lui avais toujours affirmé n'avoir plus de famille. Sinon un frère, qui vivait de l'autre côté de l'Atlantique et à qui je ne parlais qu'une ou deux fois par an au téléphone. Quant à Jean-François Laborde, s'il avait été l'amant de ma mère, assister à son enterrement s'inscrivait-il dans la rubrique « raison familiale » ? J'ignorais du reste ce qui me poussait à m'y rendre. Je n'avais pas remis les pieds à M. depuis dix ans. Laetitia avait disparu de ma vie depuis presque autant d'années. Je n'avais aucune idée de ce qu'étaient devenus mes parents. Vivaient-ils encore là-bas ? Vivaient-ils encore ensemble ? Vivaient-ils seulement ? Je supposais que oui. Que dans le cas contraire on nous aurait avertis, mon frère ou moi. Qu'on aurait bien fini par nous mettre la main dessus. Qu'en dépit des ponts que nous avions coupés, une administration quelconque nous aurait ramenés à cette réalité que nous nous acharnions à oublier : nous étions leurs enfants.

Jacques m'a assuré qu'il se sentait suffisamment en forme pour assumer deux jours seul à la librairie. Ce n'était pas ça qui allait le tuer. Je ne voyais pas très bien ce qui l'empêchait de simplement tirer le rideau. Je lui en ai fait la remarque. Pour les trois péquins qui viennent en cette saison. Ils ne mourront pas de trouver porte close. Il a secoué la tête. À ses yeux la chose était purement inenvisageable. C'était comme commettre une obstruction. S'opposer volontairement à la nécessité de lire. La nier en un sens. Déjà qu'il n'encaissait pas de devoir fermer le dimanche, au motif que la librairie ne figurait pas au rang des commerces de première nécessité. Quand on voit le niveau de connerie ambiante, grommelait-il, on sent bien à quel point c'en est un, de foutu produit de première nécessité. J'acquiesçais, même si, scrutant les livres qui nous entouraient et, parmi eux, ceux sur lesquels se ruaient la plupart de nos clients, ils n'étaient pas si nombreux, en définitive, les ouvrages susceptibles de répondre à cette notion. Mais je m'abstenais d'en faire la remarque. Contrairement à Jacques, je ne me sentais pas en mission. Je n'avais pas la prétention d'œuvrer pour le bien de l'humanité, ni de mener un combat crucial contre la connerie et l'inculture. Surtout pas en vendant ces pelletées de romans de gare et de documents écrits à la hâte sur tel ou tel sujet du jour. Malgré tout j'étais bien parmi les livres. Ceux que j'aimais, et que je laissais immédiatement visibles, plaçais en évidence. Les clients n'avaient pas beaucoup d'importance là-dedans. Bien sûr, je n'étais pas mécontent quand je parvenais à fourguer un bouquin qui me tenait à cœur, bien sûr il n'était pas désagréable de discuter de tel ou tel auteur avec certains habitués, mais enfin, l'essentiel était pour moi d'être là, parmi ces milliers de pages, dans la compagnie sporadique, mais affectueuse et paternelle, de Jacques, dans la proximité immédiate d'un havre enserré de falaises, où plongeaient des sternes noires et voguaient des gamins emmitouflés que Chloé guidait sans jamais perdre patience.

Arrivé chez moi, j'ai préparé mon sac. Qu'est-ce qui me poussait à me rendre à M. ? Qu'est-ce qui m'avait poussé à en partir ? Et à n'y jamais revenir ? Au fond, c'est Laetitia qui avait décidé de ma fuite. Elle avait décidé du moment et du chemin. Et, après sa disparition, j'étais resté là où elle m'avait laissé. Comme un objet inerte à jamais oublié. Peu à peu couvert de poussière et s'effritant à mesure que le temps passe et l'use, l'érode et le fissure. Je n'avais rien entrepris par moi-même. Contrairement à mon frère. Il avait fini par prendre la tangente, lui aussi. Nos deux cavales s'étaient faites parallèles. Deux vieux enfants perdus que séparait un océan. Camille avait tenu à Bordeaux jusqu'à ses dix-huit ans. Et puis un jour, il était parti. Il avait travaillé toute l'année dans un fast-food, mis de l'argent de côté, soi-disant pour financer ses études, mais un matin il s'était présenté devant mon oncle et ma tante et les avait remerciés. Merci de tout cœur mais il avait dix-huit ans et il lui fallait partir. Ils avaient demandé où et il avait juste répondu loin, je pars loin. Même si ça ne le serait jamais assez. Quelques semaines plus tard, ils avaient reçu une carte provenant du Canada. Il allait bien. Il bossait dans le quartier étudiant de Montréal. Vivait en colocation avec un mec super. Il aimait la ville et les langues mélangées, les larges avenues et le fleuve immense, les forêts et les grands lacs plus au nord. Tout lui semblait agrandi et fluide. Partout l'air circulait. Il laissait un numéro où on pouvait le joindre. La plupart du temps, il sonnait dans le vide. Ou bien quelqu'un répondait et j'entendais un boucan terrible, des voix, des bruits de couverts, de la musique. Il fallait que je hurle pour qu'à l'autre bout on m'entende. Je répétais douze fois : je voudrais parler à Camille, je suis son frère, et on finissait par me répondre qu'il venait de sortir, qu'il était occupé ou absent. Ça a duré des semaines comme ça. Des mois. Et puis un jour il a fini par répondre. Nous avons eu du mal à trouver quelque chose à nous dire. À reprendre le fil interrompu de nos conversations anciennes. Je m'étais déjà réfugié en Bretagne. Tentais de l'imaginer en son autre bout du monde, cette ville de neige et de galeries souterraines. Mais c'était tout bonnement impossible. Je parvenais à peine à me le représenter. À quoi pouvait-il ressembler désormais ? Dans mon esprit il demeurait un adolescent de quatorze ans qui en paraissait onze, cheveux blond clair trop longs sur corps d'ablette, visage blême et rongé d'angoisse. Je lui ai donné de mes nouvelles et il m'en a rendu. Il était serveur à mi-temps, logeait dans une maison où ne vivaient que des étudiants, avait des histoires avec des garçons qui ne duraient jamais, mais c'était toujours sa faute, il n'y croyait pas, on n'y pouvait rien, il n'y arrivait pas. Le couple, l'amour, tout ça : des fables… Il s'en foutait, affirmait-il, il avait des amis, il avait la neige et le verre étincelant des immeubles, il avait la musique et les nuits magnétiques, les bras de mer et l'odeur profonde des forêts, les maisons de bois et les pelouses du Mont-Royal, il était loin, tout était si loin. M. et Laborde, notre mère, notre père. L'affaire elle-même était loin, tout le monde avait été blanchi, Laborde avait été réélu et ma mère virée de ses listes, on disait partout qu'il l'avait répudiée, que sa femme l'avait exigé et je savais que c'était vrai. Tout cela était enterré mais Camille en avait conscience, nous n'en aurions jamais vraiment terminé. Le seul moyen d'en finir était de couper le lien, nous l'avions fait et ne devions sous aucun prétexte revenir en arrière. Nos parents étaient des dingues, notre mère avait du sang sur les mains. Notre mère était une folle détraquée et narcissique, qui ne faisait même pas pitié. Son cynisme et son égocentrisme maladifs interdisaient qu'elle puisse nous en inspirer une once. Camille savait tout cela aussi bien que moi, j'ignorais comment mais il en savait autant, quand je croyais lui apprendre quelque chose que je tenais de Laetitia, il le savait déjà. Il disait : mais toi t'étais jamais là. Avant mon départ pour Bordeaux t'étais jamais là. Toujours fourré chez Nicolas, enfermé dans ta chambre. Tu évitais les dîners, les soirées, mais moi... Moi, j'ai tout pris de face. Certains jours je n'allais pas en cours. Je m'en prenais tellement plein la gueule au collège, je n'en avais pas la force. Et personne n'y prêtait la moindre attention. Maman était tout le temps à la maison, et elle passait ses coups de fil. Et quand papa rentrait, ils s'engueulaient et se foutaient sur la gueule. Se réconciliaient en baisant comme des porcs, et puis après parlaient et parlaient et moi j'entendais tout. J'entendais tout et tout ce qui circulait partout, dans les journaux, dans les rues, tout ça, je m'en foutais au fond, parce que la vérité, je l'entendais tous les jours. Si le téléphone sonnait, et que c'était Laborde, et qu'il parlait de l'affaire avec maman, elle ne me demandait même pas de sortir de la pièce, et j'entendais tout. Tout. Comment ils allaient se défendre. Comment ils allaient salir ces petites salopes. Et mouiller Lucas, et tout leur foutre sur le dos, à lui et à sa bande. Et ils continuaient à parler du reste, de comment ils allaient pouvoir se retrouver sans que sa femme s'en aperçoive. Maintenant que c'était sur la place publique, elle ne supportait plus, et exigeait qu'il rompe, mais lui ne voulait pas. Il voulait encore et encore la baiser et elle aussi, elle disait oh moi aussi, je veux encore et encore que tu me baises. Et ils parlaient d'autres trucs encore, des enveloppes qu'il faudrait distribuer, d'autres petites putes qui pourraient se mettre en tête de parler, des coups de pression qu'il allait falloir mettre au juge et aux experts, de journalistes pas difficiles à convaincre de publier des papiers à décharge. Et puis d'autres choses plus obscures dont je ne saisissais pas vraiment les enjeux. Des histoires de parcelles, de commissions, d'appels d'offres, de logements, d'aménagement, de marchés. Et il y avait ce nom qui revenait tout le temps. Ce fameux Lucas qui avait voulu faire son malin et qui allait payer. Toute cette merde allait lui retomber dessus. À force de touiller là-dedans, à force de vouloir en soulever, c'est ce qui finissait par arriver. Et après ça, quand ils auraient bien fourré dans le crâne de tout le monde que cet enfoiré avait tout monté de A à Z, on ne l'entendrait plus. Ils feraient coup double. Sortiraient blancs comme neige de ces conneries avec les deux petites putes. Et c'en serait fini des emmerdes sur l'opération. Pourvu que tout ça ne donne pas l'idée à un de ces connards de juges d'y foutre son nez, c'en serait fini. Et aussi, toi tu n'étais pas là mais j'entendais tout quand papa rassurait maman, disait ça va aller, ces filles personne va les croire et puis merde, qu'est-ce que ça veut dire, tu leur as pas mis un flingue sur la tempe non plus, elles devaient bien en avoir envie elles aussi, et si vraiment ça avait été si terrible elles n'auraient pas attendu trois mois, et puis elles étaient deux, deux adultes qui avaient les moyens de se défendre…

Il disait : tu vois, entendre ça me rendait littéralement dingue, j'avais envie de vomir, j'avais l'impression d'évoluer dans un monde complètement dégueulasse, où je ne savais plus qui était le plus dégueu, le plus malade des deux, de maman ou de papa, de maman qui avait fait toutes ces saloperies ou de papa qui en parlait comme d'un truc normal. Pourquoi tu crois que je suis parti ? Juste parce qu'on se foutait de ma gueule au collège ?

J'ai quitté la maison et j'ai marché jusqu'aux dunes. D'abord on ne voyait pas la mer et même son bruit s'en trouvait assourdi. Puis, au fur et à mesure qu'on s'élevait, les eaux se frayaient un chemin étroit. Retirées au large, elles se cognaient en bleu glacé contre la demi-sphère cramoisie du soleil. La plage brillait comme une plaque d'aluminium, froissée par endroits, transpercée de rigoles charriant des grains de mica et des pierres concassées, des crabes minuscules et des coquillages écrasés. Les oiseaux gueulaient comme si la nuit allait les emporter. J'ai regardé l'heure et j'ai tenté ma chance. De l'autre côté de l'Atlantique, dans son appartement de Québec où il vivait désormais, où il travaillait dans un autre restaurant, Camille a décroché.

2

Quelques jours après sa démission, Jean-François Laborde entreprit sa contre-attaque. Et ce fut le début d'une longue période d'accélérations et d'accalmies. Chaque semaine, des informations contradictoires filtraient, les rumeurs allaient et venaient en sens inverse, les éléments s'accumulaient, à charge et à décharge. Sous couvert d'anonymat, certains se lâchaient, y compris sur ma mère. D'autres les contredisaient, envoyés au front par l'ancien ministre délégué. On s'offusquait, on accusait, on sous-entendait, on révélait. Partout à M. on ne parlait que de ça. Et l'on s'excitait d'autant plus que régulièrement la presse nationale et jusqu'à la télévision se faisaient l'écho des rebondissements de l'enquête. Tout cela dura des semaines. Des mois. J'avais l'impression de ne jamais souffler. À peine une révélation, un argument avaient-ils eu le temps de produire leur effet, puis de s'étouffer doucement, que d'autres leur succédaient, soufflant le chaud puis le froid.

C'est au milieu de tout cela que Camille est parti. Était-ce ce jour où un journal reproduisit le compte rendu complet des déclarations des deux plaignantes, offrant à la France entière les détails scabreux de cette fameuse soirée ? Ou bien celui où sur France 3, dans le journal du soir, un sujet fut consacré à l'adjointe du maire, Cécile Brunet. On y voyait notre maison. Quand étaient-ils venus la filmer ? Des graffitis étaient encore visibles, bien que lessivés de frais, ainsi que notre père nous obligeait à le faire chaque week-end désormais. On mentionnait la liaison de notre mère avec Laborde comme un fait établi, que confirmaient, visages floutés et voix maquillées, plusieurs habitants de M. On dressait en définitive un portrait plutôt juste de cette très jolie mère de famille, connue et respectée dans tout le quartier, toute la ville même, une femme irréprochable en apparence et pourtant cernée de rumeurs troubles, sa nomination comme adjointe aux affaires scolaires à la seule discrétion du maire, son omniprésence au sein de la politique municipale, la brutalité et l'autoritarisme dont elle faisait preuve dans le cadre de ses fonctions, son passé furtif de mannequin et, était-il précisé, d'actrice dans un film plus ou moins érotique, sa manie de se vêtir à quatre épingles et de faire sa belle dans un quartier familial et résidentiel. Sur ce dernier point, c'étaient des voisins qui s'exprimaient, tout à fait identifiables pour qui les croisait tous les jours, et je me demande aujourd'hui encore pourquoi mon père n'est pas allé les trouver pour les agonir d'insultes et leur casser la gueule. Était-ce un autre jour ? Celui où une jeune femme ayant travaillé pour Laborde, une ancienne stagiaire qui l'avait épaulé tandis qu'il pilotait la campagne interne de son mentor, avait assuré avoir subi un véritable harcèlement de sa part, éprouvé des difficultés sans nom à s'extirper de ses griffes, décrivant des scènes où devant elle il commençait à caresser sa maîtresse d'alors, qui n'était autre que son assistante parlementaire, et lui enjoignait de se joindre à eux, de se toucher en les regardant, ou de venir se frotter contre ladite maîtresse pendant que lui se branlerait. Ce jour où la jeune stagiaire avait révélé avoir menacé de porter plainte, puis reculé devant la somme d'argent que Laborde lui avait offerte pour son silence et son départ de l'équipe ?

La défense de Laborde reposait sur deux axes. Le premier s'appuyait sur la personnalité des plaignantes et l'aspect tardif de leurs démarches, lequel empêchait tout relevé physique, toute preuve médico-légale d'être portée au dossier. Leur itinéraire personnel, les médicaments qu'elles prenaient, les témoignages des voisins qui affirmaient que le dernier mec en date de Celia B. était un type un peu louche, qu'elle ne s'occupait pas vraiment de sa fille, que ça gueulait et se battait tous les soirs, que pas mal d'hommes défilaient chez Lydie S., qu'à une période son fils aîné avait été placé, que le plus petit semblait laissé livré à lui-même. Le séjour en hôpital psychiatrique de l'une (et sur le moment pas un instant je n'ai songé que ce fameux séjour avait précisément suivi cette supposée soirée, qu'on l'utilisait pour disqualifier un témoignage portant sur un événement dont il était peut-être la conséquence), les conditions litigieuses dans lesquelles l'autre avait été virée de son précédent emploi, le surendettement des deux, les longues périodes de chômage, l'absence de diplômes, une vieille affaire de vol à l'étalage, les fréquentations douteuses, un ex en prison, un frère au casier pas net. Leur manière de s'habiller même. Tout était bon pour mettre en doute leur crédibilité. On produisait des témoignages d'anciens collègues, de connaissances plus ou moins vagues, qui tous accréditaient la thèse. Ces filles étaient folles, instables, dépressives, sexuellement dépravées. Facilement manipulables. Et surtout pauvres (et, mais ce n'était bien sûr jamais exprimé ainsi, d'origine immigrée). Donc : intéressées. Sans morale et prêtes à tout pour gagner de l'argent. Leur plainte tardive en témoignait. Elle était tardive parce qu'elle reposait sur des faits imaginaires. Et le meilleur moyen de défendre des faits imaginaires, c'était de les rendre invérifiables. De laisser le temps en effacer les preuves, et d'agiter leurs fantômes introuvables comme autant de menaces.

De ce point de vue, Laborde ne parvenait pas vraiment à convaincre au-delà des frontières de notre ville. C'était en quelque sorte parole contre parole, personnalité contre personnalité. D'autant qu'il ne s'agissait pas pour lui de nuancer les faits, ni de les requalifier. Il ne s'agissait pas de faire passer un viol ou une agression sexuelle pour une relation consentie, mais simplement de nier que quoi que ce soit ait eu lieu. Les actes. La soirée elle-même. Sa présence dans les bureaux de la mairie après le vernissage, en compagnie de ma mère et de ces deux femmes. Cette option de défense ne manquait pas de faire parler, d'intriguer. Un peu partout, on entendait la même chose. Il niait pour protéger sa maîtresse. Il niait, et affaiblissait sa propre défense, la rendait plus complexe encore, pour épargner ma mère. Aujourd'hui, je n'en crois rien. Aujourd'hui, je crois juste qu'il savait parfaitement qu'il s'en tirerait à l'arrivée, et qu'il lui importait plus que tout de s'extirper de tout cela le plus blanc possible, afin de pouvoir reprendre sans encombre son chemin politique, sans que sa réputation en sorte trop entachée. Sortir d'un procès pour viol avec l'image d'un type dépravé qui s'était fait piéger ne lui suffisait pas. Dépravé, il n'en voulait pas. Et piégé non plus. Tout cela était trop trouble pour le faire paraître sans tache.

Le second axe de défense visait à accréditer la thèse du complot. L'affaire montée de toutes pièces. Cette thèse reposait sur une série de faits qui ne tardèrent pas à être vérifiés. Les plaignantes étaient représentées par un avocat qu'on savait proche d'un certain Frédéric Lucas. Lequel se présentait comme militant acharné du courant le plus droitier du parti au pouvoir, dont l'influence ne cessait de croître et qui, à cette période déjà, se sentait pousser des ailes et espérait bien voir son leader, dont Lucas était un proche conseiller, prendre les manettes du gouvernement au prochain remaniement. Tout cela était parfaitement vrai. Établi. Vérifié. Validé par tous les témoignages possibles. L'avocat était bien un proche de Frédéric Lucas, lui-même lié à ce courant et à son ambitieux leader. Et tout cela ne déparait pas avec ce qu'on savait déjà des rivalités et des coups bas qui sévissaient au sein même du parti au pouvoir. Les oppositions étaient farouches, les ambitions concurrentes exacerbées, les haines personnelles tenaces. On ne reculait devant rien pour salir ses adversaires internes. On lançait des rumeurs. Plaçait des noms sur des listings compromettants, fournissait aux journalistes toutes sortes d'informations tout aussi fausses qu'embarrassantes. En outre, au niveau strictement local, Frédéric Lucas lorgnait sur la mairie. Et s'était fait connaître dans la ville comme un opposant farouche à l'implantation de logements sociaux dans son quartier, laquelle aurait, affirmait-il, pour effet de dévaluer l'immobilier dans le secteur, de troubler la tranquillité des habitants, d'accroître l'insécurité et de faire chuter dramatiquement le niveau des écoles du coin, tous arguments qu'il débitait à longueur de réunion, toute honte bue, parfaitement décomplexé. J'avais moi-même eu un jour affaire à lui. Je pédalais dans le quartier en question où je rendais visite à Stan – Nico était déjà chez lui et les autres arriveraient plus tard, FX, Steph et Jérém', Emma, Manon et toute la bande – quand à l'entrée de la résidence il m'avait tendu son papelard. Je l'avais laissé tomber sans y prêter la moindre attention. Il m'avait alors demandé d'une voix sèche pourquoi je l'avais jeté, et j'avais répondu que ses conneries ne m'intéressaient pas. Tu habites dans le coin ? Oui, avais-je menti. Et tes parents sont favorables à ce projet ? Oui, ils sont pour, avais-je affirmé. Ils sont pour la mixité sociale, le mélange. Ils trouvent ça très bien qu'on construise plein de logements sociaux, et si possible au milieu des quartiers de bourges. J'étais reparti sans me retourner, me demandant si d'une manière ou d'une autre il m'avait identifié comme le fils de Cécile Brunet, ou s'il avait vraiment cru que je vivais dans ces rues. J'étais content de mon coup en tout cas, je l'imaginais fulminer. Et, sur le moment, pas un instant je ne me suis demandé pourquoi Jean-François Laborde et ma mère, qui le soutenait corps et âme, tenaient tant à ce projet, eux qui n'en avaient jamais rien eu à foutre de la mixité. J'avais toujours entendu ma mère se plaindre de la relative proximité de notre lotissement avec la cité des Bosquets, qui rendait les choses encore trop poreuses à son goût. Selon elle, des « racailles » s'aventuraient parfois dans les ruelles pavillonnaires. Ce qui, à l'entendre, constituait un délit en soi. Alors que nous étions plus petits, je l'avais souvent vue se lamenter qu'au prétexte de désengorger l'école jouxtant la Cité on envoyait certains de ses enfants dans la nôtre. Elle avait envisagé de nous transférer dans un établissement d'enseignement catholique. Quant au collège, elle considérait qu'opter pour l'allemand en première langue et le latin en quatrième ne suffisait pas tout à fait à assurer l'homogénéité des classes. Sans compter que dans la cour nous nous mêlions nécessairement, ainsi qu'au réfectoire et à la sortie de l'établissement. Ce qui nous livrait dans son esprit aux dangers de la drogue, au racket et à toutes sortes de délits et de violences. Là encore, elle aurait préféré nous envoyer dans le privé. Une seule chose l'en avait empêchée : le souci qu'elle se faisait de son image et de celle du maire. Il demeurait délicat pour un élu défendant les valeurs de la République d'exfiltrer ses gamins du public. Surtout quand on occupait la position d'adjointe aux affaires scolaires. Même elle en avait conscience. Cela faisait partie des simagrées auxquelles il fallait se soumettre et elle le regrettait souvent.

Bien sûr, qu'un simple désaccord sur un projet immobilier et une rivalité municipale puissent aboutir à une accusation de viol et d'agression sexuelle et provoquer la démission d'un ministre délégué semblait foutrement exagéré. Que derrière tout cela puisse se cacher, à l'échelle nationale, la volonté de nuire au gouvernement tout entier, et à son Premier ministre en premier lieu, sur l'injonction de son principal rival et ennemi déclaré au sein du parti majoritaire, paraissait non moins tiré par les cheveux. Mais enfin ce fut la ligne de Laborde et il la tint jusqu'au bout. Même si, à défaut de preuves, il manquait un maillon à tout cela. Il fallait que les plaignantes elles-mêmes aient été d'une manière ou d'une autre en lien avec Lucas. Il fallait qu'on puisse affirmer que c'était bien lui qui les avait poussées à se pourvoir en justice et leur avait fourni un avocat de ses amis. Ce qui fut finalement établi par le fameux article qui scella, médiatiquement parlant, et avant même que les juges ne se prononcent, le sort de toute cette affaire.

Face à tout cela, la riposte était constante. La personnalité de Laborde était passée au crible. C'était la seule défense possible, le seul axe. Puisqu'il niait que quoi que ce soit ait eu lieu. Puisque personne ne parvenait à établir si la soirée elle-même s'était prolongée, si vraiment, après ce vernissage à la mairie, ma mère et Laborde avaient entraîné Lydie S. et Celia B., passablement éméchées, dans le bureau du maire, au prétexte de leur offrir un dernier verre et de discuter avec elles de leur avenir. Une secrétaire avait assuré les avoir vus y entrer ce soir-là effectivement, mais depuis elle s'était rétractée et ne répondait plus à personne. À la mairie on ne la voyait plus, certains disaient qu'elle était en arrêt maladie. Quant aux autres employés susceptibles d'avoir remarqué quelque chose, ils refusaient purement et simplement de s'exprimer. Ce qui faisait dire ici et là que Laborde avait installé dans sa ville un régime de terreur et de menace permanente. Non, rien ne permettait d'établir que quoi que ce soit ait pu avoir lieu. Mais personne ne croyait fermement le contraire. Personne ne pensait que Lucas et sa bande aient pu monter la chose de toutes pièces, trouver ces filles et les convaincre d'inventer ce bobard. Dans le camp des plaignantes, on campait sur ses positions. On continuait à affirmer que des actes sexuels s'étaient déroulés ce soir-là dans le bureau du maire fermé à clé, et que, s'il y avait une preuve à apporter, quelque chose dont il fallait convaincre les juges, c'était bien que ma mère et Laborde avaient fait usage de menaces ou d'abus de faiblesse, avaient obtenu ces faveurs, cette participation à leurs ébats sous la contrainte, la promesse, en usant d'un quelconque ascendant, d'un quelconque rapport de forces. Qu'un tel acte correspondait bel et bien à la psychologie du principal accusé. À ses habitudes. Qu'il y avait des antécédents. Alors on fouillait. Et on trouvait. Il y eut d'abord la stagiaire. Mais d'autres suivirent. D'anciennes collaboratrices témoignant des avances incessantes que leur faisait le maire, des propositions explicites, des rafales de textos salaces, des contacts physiques appuyés, soi-disant involontaires, de ses invitations à dîner, à le rejoindre dans sa chambre pour un dernier verre lors d'un déplacement. Il y avait aussi celles qui avaient accepté, qui avaient couché avec lui et se répandaient sur ses prédilections en la matière. Qui, surtout, précisaient que toujours il avait obtenu leur consentement silencieux contre la promesse d'un job, d'un appui, d'une aide, parfois même d'un billet ou la menace d'une rétrogradation, d'un licenciement ou de mesures de rétorsion diverses. Il y avait aussi des clients de clubs libertins qui disaient bien le connaître, et assuraient pour certains avoir vu ma mère à ses côtés. Et des prostituées qui affirmaient avoir participé à plusieurs soirées organisées par Laborde et ma mère eux-mêmes dans une grande maison bourgeoise située dans les Yvelines, grande maison bourgeoise qui fut vite identifiée comme une demeure appartenant à la famille de l'ancien ministre délégué… Camille était-il encore à M. quand on parla des soirées auxquelles participait ma mère ? Des clubs libertins où elle se rendait avec le sénateur maire ? Des prostituées qui participaient à leurs soirées ? Lui qui en savait plus que quiconque, comment se tenait-il auprès de nous alors ? Comment s'y prenait-il pour ravaler sa honte ? Se mordait-il les joues ? Quittait-il la table pour regagner sa chambre ? Allait-il vomir aux toilettes ? Et ma mère ? Restait-elle figée dans son masque de silence et d'indifférence ? Était-ce ces soirs-là qu'elle fracassait des assiettes, des verres, une bibliothèque entière ? Était-ce ces soirs-là que mon père la baisait si fort qu'elle gémissait sans plus tenir compte de notre présence ? Je ne sais plus. Comment le saurais-je ? Camille avait raison : je n'étais déjà plus là. Avant même de prendre la fuite, j'étais déjà ailleurs.

3

J'ai d'abord cru qu'elle m'évitait parce qu'elle me haïssait. Parce qu'elle m'en voulait d'être le fils de la maîtresse de son père. Chaque fois que j'entrais chez Bulle, elle réunissait ses affaires et sortait précipitamment. Dès que je pénétrais dans son champ de vision, dans les allées du parc qui entourait le lycée, au réfectoire, au CDI, elle se détournait et prenait la fuite. J'avais du mal à l'interpréter. Si tout ce qu'on disait, tout ce dont on accusait nos parents était pure invention, absolue malveillance, complot, manipulation et compagnie, alors il m'apparaissait que nous aurions pu nous serrer les coudes, partager la dureté de ce qu'il nous était donné de vivre, affronter ensemble l'humiliation. J'étais loin du compte. J'étais si loin du compte alors. Je me contentais de me carapater, par commodité, tout en en concevant une certaine culpabilité. Tout cela était si lourd à porter. Je n'en avais tout simplement pas les épaules. Oui, j'étais si loin du compte. Camille en savait tellement plus que moi. Et Laetitia. Si Laetitia m'évitait, c'est qu'elle connaissait le fin mot de l'histoire. Ou qu'elle en connaissait au moins certains aspects. Si elle me fuyait, c'est qu'elle devinait que ce n'était pas mon cas, que j'étais encore dans le confort du brouillard, des doutes. Et qu'elle voulait m'y laisser. Ne pas m'entraîner avec elle dans la lumière crue, aveuglante, dégueulasse de la vérité. Qui chaque jour se dévoilait sous ses yeux. Dont rien ne lui était épargné.

C'était un soir humide et le bus venait de démarrer. Je m'y étais engouffré au dernier moment et elle était assise le regard tourné vers la vitre couverte de buée, la bouche et le bas du visage cachés dans une écharpe, retranchée dans la bulle de son iPod. Je me suis assis à côté d'elle. Je ne lui ai pas demandé la permission. Je m'y suis installé sans réfléchir, comme mû par un réflexe, un instinct. Elle a retiré ses écouteurs et s'est tournée vers moi. Je l'ai regardée lâcher un long soupir, rendre les armes, se résigner à ma présence, à m'écouter. Contrainte et forcée. Je ne sais plus comment s'est amorcée la conversation. Je lui ai sûrement demandé comment elle allait, si elle tenait. Elle a dû hausser les épaules, et me renvoyer la question. Sans doute ai-je répondu que je n'en savais rien, tout était si étrange, parfois rien ne semblait me concerner, et soudain ça prenait toute la place, obstruait tout horizon possible. Paraissait résumer totalement ma vie et l'enfermer à double tour et à jamais. Comme s'il était exclu qu'on se sorte un jour de tout ça. Et je me souviens parfaitement de ce qu'elle a répondu alors : Ça, eux, t'inquiète pas pour eux. Eux deux vont s'en tirer. Mais les autres. Ces femmes. Et même nous. Nous, franchement, je suis pas sûre qu'on s'en tire vraiment un jour.

À l'arrêt du centre-ville elle s'est levée et je l'ai suivie. Le bus venait de s'immobiliser devant la mairie. La maison des Laborde se dressait à quelques encablures. C'était une villa aux murs de pierre agrémentés de verrières et de bow-windows. On l'apercevait à travers les grands arbres qui cernaient un jardin percé d'un bassin où frayaient des carpes koï. À travers les grilles, on distinguait le mobilier d'extérieur en fer peint de blanc, la balancelle, les pelouses longées de cailloux blonds formant d'étroites allées courbes, la tonnelle où fleurissait la glycine aux beaux jours, et les vitraux bordant la fenêtre du séjour. Cette maison m'avait toujours fait rêver. Même avant d'apprendre qu'elle était la propriété du maire. Quelque chose de mystérieux, d'un peu gothique, s'en dégageait. Une atmosphère d'un autre siècle. Mélancolique et bourgeoise, elle m'évoquait ces villas balnéaires qu'on trouve par ici de l'autre côté de l'aber, nichées dans ces stations surannées prisées des Parisiens vivant dans les beaux quartiers, des Anglais et des vacanciers en provenance des banlieues chics du 78 ou du 92. J'y avais longtemps fantasmé des bouquets de fleurs séchées, de vieux meubles chinés, un piano à queue et un violoncelle, des recueils de poésie et un atelier de peinture, des vases en céramique peinte et des notes de Schubert, j'y avais rêvé une Laetitia que je ne connaissais alors que de vue, les yeux bleus cheveux noirs, tout droit sortie d'un roman du XIXᵉ. J'y avais rêvé tout et n'importe quoi, un monde que je ne connaissais pas mais auquel j'aspirais secrètement, plus délicat, plus sophistiqué, lettré, élégant. Évidemment, ce n'était qu'une grosse villa bourgeoise dans le centre-ville d'une banlieue banale, mais j'avais l'impression que dans une maison pareille se jouaient des romans entiers. Que des milliers de phrases s'y déroulaient en écharpe. Là encore j'étais loin du compte.

Nous avons marché un moment. Sans but véritable. Je voyais bien qu'elle ne prenait pas la direction de sa maison. Ni aucune direction en particulier. Nous marchions pour que la conversation se poursuive, pour à petits pas confronter nos réalités, irrémédiablement liées mais jusque-là étanches. Nous marchions pour découvrir ce que chacun savait ou croyait savoir, ignorait ou feignait d'ignorer. Au premier carrefour, nous avons pris la direction du conservatoire. Laetitia y suivait des cours de piano qu'elle songeait à abandonner. Elle n'avait plus le goût à ça, m'a-t-elle avoué soudain. Ni à grand chose d'ailleurs. Nous avons contourné le bâtiment. À l'arrière s'étendait une vaste pelouse, s'achevant en lisière d'un plan d'eau couvert de lentilles et d'insectes si légers qu'ils se posaient à la surface sans même en troubler la perfection lisse. On entendait le grincement sinistre des grenouilles. L'herbe était humide mais nous nous sommes assis quand même. Elle s'est soudain murée dans le silence. C'était mon tour de livrer quelque chose, je le sentais bien. Elle m'avait avoué n'avoir plus goût à rien. Ça me paraissait alors constituer une confidence extrêmement intime. Je me trompais une fois de plus. Je ne la connaissais pas encore, mais j'appris par la suite que Laetitia se comportait toujours ainsi, avec tout le monde. Elle tenait la dissimulation en horreur, et disait les choses telles qu'elle les ressentait, au moment où elle les ressentait. Même si ça tombait de nulle part. Même si ça contredisait ce qu'elle avait déclaré deux minutes plus tôt. Même si deux minutes plus tard ce qu'elle venait de dire serait nié par une autre phrase. Sous son visage aux traits nets et précis, sous ses gestes aiguisés, Laetitia cachait une nature profondément changeante, imprévisible, traversée par mille courants contradictoires. Elle était insaisissable et je n'ai jamais réussi à la cerner tout à fait. Avec elle, j'étais toujours à contretemps, en retard d'un train, d'un silence, d'un mot, d'un mystère, d'une humeur. À peine avais-je cru cerner sa disposition du moment qu'elle en changeait.

À nouveau, je lui ai demandé comment elle vivait tout ça, toutes ces saloperies qu'on disait sur nos parents et elle m'a arrêté net. Mon père est une ordure. Elle a dit ça froidement, en me fixant dans les yeux, sans ciller. Et elle l'a répété. Mon père est une ordure. Et ta mère est sa pute. Puis elle a éclaté de rire. Qu'est-ce que tu veux ? C'est comme ça. On est dans le même bateau, toi et moi, crois-moi. Dans le même foutu bateau de merde. Nous sommes restés là jusqu'à ce que la nuit s'abatte et le froid avec. Elle grelottait mais continuait à parler, elle vidait son sac et livrait tout ce qu'elle savait, tout ce qu'elle avait entendu à travers les cloisons de sa maison, ou parfois de la bouche même de ses parents, qui s'engueulaient chaque soir devant elle, passaient leurs coups de fil devant elle, réglaient leurs comptes, appelaient leurs avocats, proféraient des menaces, des intimidations à qui voulait témoigner, en soudoyaient d'autres, tout cela devant elle, comme si elle n'existait pas. Quelques mois plus tard, Camille prononcerait les mêmes mots, évoquerait les mêmes scènes, toutes ces vérités proférées à voix haute à l'abri des murs de la maison familiale, devant des adolescents dont on ne tenait aucun compte, qu'on ne cherchait pas à protéger, ni à tenir éloignés de ces affaires d'adultes, des adolescents qu'on tenait pour quantité négligeable, tant on était occupé par sa propre personne, ses propres problèmes, son propre plaisir, ses propres névroses, ses propres perversions, et par les apparences qu'il fallait maintenir coûte que coûte afin de conserver sa position, son pouvoir, son argent, sa puissance, même dérisoire, même pathétique quand on y pensait, petit pouvoir dans une petite ville banale, petit pouvoir médiocre sur une petite ville médiocre. Je n'avais pas besoin de la relancer. Bien sûr, ma mère était la maîtresse de Laborde. Depuis quatre ans déjà. Bien sûr, sa mère à elle le savait. Bien sûr, elle en avait vu d'autres. Bien sûr, son père se tapait tout ce qui bougeait, draguait lourdement, laissait ses mains se balader, se faisait organiser des soirées, payait des filles. Bien sûr, il était lourd, insistant, graveleux, bien sûr, il avait déjà menacé, bien sûr, il avait évité plusieurs fois de se retrouver dans ce genre de situation, bien sûr, chaque fois il avait trouvé la parade, la menace qui porte, la promesse qui adoucit, la somme d'argent qui endort et prétend dédommager. Et bien sûr, il y avait eu une soirée avec ces deux filles et ma mère était là. Elle l'avait entendu de sa bouche à lui, alors qu'il parlait au salon avec son avocat, elle était à la cuisine en train de se servir une tasse de thé avant de remonter réviser un contrôle, et elle l'avait entendu. Et quand l'avocat avait demandé si Laborde ou ma mère avaient contraint physiquement ces deux femmes, il avait répondu, oh maître, vous savez comment ça se passe, dans le feu de l'action on a parfois des gestes un peu passionnés. Et quand l'avocat lui avait demandé si elles avaient fait part de leur refus de participer à cette séance, il avait répondu qu'effectivement elles étaient réticentes au départ, et qu'il avait fallu les convaincre mais qu'au fond il était certain qu'elles n'attendaient que ça. Et quand vous dites convaincre vous voulez dire menacer ? Disons : inciter fortement à ne pas s'exposer à des conséquences négatives concernant leur avenir professionnel ou celui de leur compagnon. Inciter fortement à faire en sorte de mériter un bon traitement, des avantages. Et là, l'avocat avait lâché un long soupir accablé, avant d'ajouter qu'ils étaient dans la merde jusqu'au cou, qu'il avait de la chance que ces filles soient précisément ces filles-là et pas d'autres, qu'il avait de la chance qu'elles se soient décidées si tard, et qu'elles se soient mises entre les mains de Lucas et de sa bande. Mais quand même, ça allait tanguer sévère. Laetitia me balançait tout ça par à-coups. Je voyais bien qu'elle prenait garde à ne pas me froisser. Entre deux phrases, elle me demandait : ça va ? Tu tiens le choc ? Et je le tenais. Confusément, rien de ce qu'elle me révélait ne m'étonnait. Tout cela me parvenait comme la confirmation de soupçons que je n'avais jamais vraiment eu conscience de nourrir, mais qui s'étaient développés malgré moi dans mon cerveau, et n'attendaient qu'un signal pour prendre toute la place et s'imposer comme des certitudes. Aujourd'hui encore, le calme avec lequel j'ai accueilli ces révélations me sidère. Je suppose que pendant tout le temps qui a précédé je me suis échiné à nier mes intuitions, à glisser mes doutes sous un tapis de déni volontaire. Qu'il s'est agi là d'une véritable lutte, d'un combat intérieur aussi acharné qu'épuisant. Et que m'abandonner à la vérité, si douloureuse était-elle, constitua une forme de délivrance.

Elle s'en tint là ce jour-là. Et ne me délivra la suite qu'au compte-gouttes, au fur et à mesure de nos rendez-vous. Elle me tenait au courant des évolutions, de ce qu'elle apprenait chez elle en tendant l'oreille, ou en fouillant l'ordinateur de son père, en consultant ses mails personnels qu'il ne prenait même pas la peine de dissimuler à sa vue. La vie chez elle était un enfer. Sa mère pétait les plombs, projetant sa rage et sa rancune contre tout ce qui l'entourait, la femme de ménage, sa propre mère, Laetitia et sa petite sœur, qui n'avait que huit ans et ne comprenait rien à ce qui se produisait autour d'elle – leur frère, quant à lui, n'était là que rarement, il était plus âgé et vivait à Lyon, ne rendait visite à ses parents qu'à l'occasion de week-ends irréguliers. Les rares soirs où Laborde rentrait dîner, c'étaient des engueulades homériques, la mère menaçait de tout balancer aux médias et aux juges et il la traitait de folle, l'appelait ma pauvre fille, si tu es si malheureuse pourquoi tu ne te casses pas d'ici. Et elle répondait jamais, jamais je ne laisserai mes enfants avec un malade dans ton genre, un dépravé, un pervers, une ordure, elle prononçait ces mots devant Laetitia et sa sœur de huit ans, elle disait j'aurais trop peur que tu t'en prennes à elles, elle criait, oh je sais bien, je sais parfaitement que je n'ai jamais travaillé, qu'ici rien n'est à moi, que je n'ai pas un radis, que tu as tout verrouillé de ce côté-là avec tes amis avocats. Je sais très bien que si je pars jamais je n'obtiendrai la garde, alors crois-moi, même si ça gâche ma vie je ne te ferai pas ce plaisir. Et ne crois pas que tu vas pouvoir me virer. Si tu me vires je balance tout, tu m'entends. Je balance tout. Un soir, des mois plus tard, Laetitia m'apprit que si ma mère et Laborde ne se voyaient plus depuis plusieurs semaines, c'est que sa mère l'avait exigé. Elle avait exigé que Laborde rompe, sans quoi elle révélait tout aux juges. Et Laborde avait dit OK. D'abord il avait tenté de temporiser. Mais au bout de quelques jours elle l'avait forcé à appeler ma mère sous ses yeux. À l'appeler et à lui dire que s'ils ne se voyaient plus ces jours-ci, ce n'était pas uniquement en raison de l'enquête. Si ma mère était suspendue dans ses fonctions, ce n'était pas seulement temporaire. Non, tout cela était définitif. Même une fois les choses réglées, elle ne reviendrait pas, ils ne se reverraient jamais. Est-ce ce soir-là que ma mère, envoyant les assiettes voler à travers la cuisine, s'empara soudain d'un couteau qui ne frôla que de quelques centimètres le visage de mon père ? Ce soir-là qu'elle laissa la bibliothèque se fracasser contre la table du salon ? Ou bien la veille de ce jour où elle partit se reposer pour deux semaines qui me parurent des mois entiers, deux semaines durant lesquelles je restai seul avec mon père, dans cette maison où tout suintait le malaise et la rancœur, même si je ne faisais qu'y passer, même si je ne le croisais qu'à peine. Deux semaines ou plus soi-disant réfugiée chez une cousine mais, je l'apprendrai plus tard, en fait hospitalisée après une crise particulièrement violente. Une crise à laquelle je n'avais pas assisté et qui avait contraint mon père à appeler les pompiers, qu'elle avait accueillis avec un calme aussi soudain que troublant, arborant son sourire le plus mielleux et sa voix la mieux contenue, leur proposant un café ou un verre, leur assurant que tout cela n'était qu'un regrettable malentendu, une blague de mauvais goût qui avait mal tourné, sans doute un voisin malintentionné les avait-il appelés mais tout allait bien, il n'y avait rien à signaler, ils pouvaient repartir. Une crise d'une gravité où rien de tout ce que nous avions vécu jusqu'alors ne l'avait plongée. Tout cela avait-il eu lieu avant ou après la confrontation ? Après, je suppose. Sans quoi ma mère aurait peut-être lâché Laborde. Sans quoi elle ne se serait peut-être pas acharnée à maintenir la version officielle. Comment avaient réagi ces femmes ce jour-là ? Lydie S. et Celia B. ? Face à ma mère ? Face à Laborde ? Qui niaient froidement ce qui avait eu lieu. Les traitant de folles et les accusant de mensonge, de tentative d'extorsion de fonds, appuyant là où ça faisait mal, rappelant les médicaments que prenait l'une, le parcours de l'autre, les violences conjugales, parlant de drogue, de vols et de petites arnaques, de fréquentations douteuses, de signalements, de placement, de moralité variable, de sexualité trouble, de psychisme défaillant. Avaient-elles à nouveau vomi, comme elles avaient déclaré l'avoir fait en sortant du bureau du maire quelques mois plus tôt, après avoir été contraintes de regarder ma mère sucer Laborde, de le sucer à leur tour, de se laisser lécher, caresser, doigter par l'un comme l'autre, sous peine de perdre leur emploi et de ne plus jamais en trouver nulle part, sous peine de perdre leurs allocations, sous peine d'être signalées à la Ddass et de se voir retirer la garde de leurs enfants, sous peine d'être expulsées de leur logement social, sous peine de voir leurs compagnons virés de leurs jobs d'éducateur ou de gardien à la piscine, puisque c'étaient, l'apprendrait-on dans les journaux quelques jours après la confrontation, les accusations qu'elles avaient confirmées, précisées, complétées. Ce qui, loin de les servir, car ne collant pas exactement avec leurs premières déclarations, et s'ajoutant à des confusions de dates troublantes, fut porté au crédit du maire et de sa défense.

4

Souvent, Laetitia parlait de fuir. Elle disait : on va mourir d'étouffement, on va se faire bouffer. Nos parents sont des monstres. Il nous fallait nous soustraire. Elle disait : on a dix-sept ans, on peut se casser. Si on se casse, ils sauront pourquoi. Ils sauront qu'on sait. Et ils ne feront rien. Ils auront trop peur qu'on les balance. Et dans six mois on a dix-huit ans et on les emmerde, on disparaît et on les emmerde. Je ne voyais pas ce qui nous retenait alors j'acquiesçais. Et puis elle se ravisait. Soudain tout lui semblait bouché et nous étions piégés et rongés par l'acide, nous étions déjà salis et complices, il fallait assumer et se taire, c'était trop tard pour le reste. D'ailleurs l'article allait sortir et c'était trop tard. Les éléments seraient communiqués au juge et c'était trop tard. Quelques semaines plus tard on prononcerait le non-lieu c'était trop tard, le dossier des plaignantes ne tiendrait plus. J'ignorais de quel papier elle parlait. De celui qui va paraître demain, m'apprit-elle. Celui que son père avait reçu le matin même sur son adresse mail personnelle. Un article à décharge reproduisant des conversations obtenues en infiltrant une réunion, qui visait à prouver que Lucas et sa bande avaient bien instrumentalisé ces deux femmes pour nuire à Laborde, avec le soutien tacite du courant le plus droitier du parti au pouvoir et de son leader, dont ils étaient des proches identifiés. Dressant le portrait à charge des plaignantes, deux pauvres femmes, deux immigrées de deuxième génération, deux filles sans éducation, sans diplômes, sans vrai boulot. Des assistées, de piètres mères, des filles de mauvaise vie, avec leurs copains qui défilaient, leurs mecs violents, leurs fréquentations louches. Le journaliste s'était procuré les expertises psychiatriques et les conclusions étaient sans appel. Bien sûr Laborde et ma mère y apparaissaient comme des modèles d'équilibre à la santé mentale irréprochable. Tout juste apprenait-on qu'ils avaient une assez haute opinion d'eux-mêmes et que l'ambition était chez eux un moteur puissant. Mais était-ce véritablement un défaut dans le monde actuel ? Quant à Celia B. et Lydie S., leurs profils se dessinaient sans équivoque : personnalités instables à tendances dépressives, bourrées de médicaments et s'emmêlant dans les dates, se contredisant d'une déclaration à l'autre, on avait visiblement affaire à deux femmes influençables, deux affabulatrices qui s'étaient mutuellement entraînées, et qui avaient des comptes à régler avec le monde entier. Avec Laborde, la mairie, la société, les hommes. Avec la merde dans laquelle elles vivaient. Avec elles-mêmes. Deux femmes d'abord prêtes à tout pour un job à la mairie, une promotion, des avantages. Puis déterminées à obtenir plus en usant du chantage, du mensonge, de la diffamation.

L'article avait paru le lendemain. Je l'ai lu avec Laetitia. Elle fulminait. Peinait à contenir sa voix. Régulièrement la documentaliste nous lançait des regards furieux. Pourtant il n'y avait qu'elle et nous dans le CDI. La vieille femme savait parfaitement que nous aurions dû être en cours mais visiblement ce n'étaient pas ses affaires, elle nous tolérait pourvu que nous ne fassions pas trop de bruit. Dès la sortie du bus Laetitia m'avait entraîné dans le parc du lycée, que nous avions traversé sans échanger le moindre mot avec les autres élèves, qui fumaient par grappes au pied des bâtiments. Nous nous étions précipités vers la bibliothèque. Le journal était là, sur le présentoir des périodiques. Laetitia n'avait pas eu la force de le demander à la maison de la presse. Elle ne voulait pas être vue achetant le torchon qui disculpait son père. Elle me regardait lire et commentait à voix basse, crissait en boucle que ce truc ne prouvait rien. Il n'y était, jamais ou presque, fait mention de ma mère, de sa présence lors de cette soirée. Ni de la soirée elle-même, et de ce qui avait pu s'y dérouler. Rien de ce qui avait peu à peu émergé du passé de Laborde, aucun des témoignages qui avaient été produits à son encontre n'y était non plus relayé. On y parlait seulement de Lydie S., de Celia B., de Lucas et de ses sbires. De leurs réunions. Du projet immobilier. De leur lien avec l'aile droite du parti au pouvoir et son ambitieux leader, dont chacun connaissait la haine personnelle et politique qu'il vouait à l'actuel Premier ministre, la détermination et le goût pour les coups fourrés, et dont personne n'ignorait les visées présidentielles à long terme. Laborde aurait pu l'avoir signé de sa main, rédigé dans ses moindres lignes. Cela n'a semblé déranger personne. Et personne n'a cru bon non plus de préciser qu'il était rédigé par le fils d'un de ses amis. Un ami qui dirigeait le journal en question. Et dont le fils était de surcroît un pote du grand frère de Laetitia, lequel faisait bloc autour de son père, souscrivait sans le moindre doute à la théorie du complot, ou tout du moins faisait mine de le faire, et devant qui Laetitia n'osait pas formuler la moindre réserve, la moindre hypothèse contraire. En définitive, l'article montrait seulement que Lucas et sa bande ne s'étaient pas fait prier pour faire monter la sauce dès qu'ils avaient eu vent de l'histoire. Suggérait que pour eux l'affaire était tout bénef. Ils nuisaient localement à Laborde, nationalement au gouvernement et donc au Premier ministre, et redoraient au passage un blason souvent écorné du soupçon de racisme et d'obsessions identitaires en se portant au secours de deux pauvres femmes d'origine immigrée. Oui, c'étaient bien eux qui avaient convaincu ces femmes de porter plainte. Même trois mois après les faits. Même si déjà la précision de leurs souvenirs s'était émoussée, et la valeur de leurs témoignages avec. Même si depuis trois mois qu'elles vivaient avec ça tournant dans leurs crânes elles avaient perdu pied, s'enfonçaient dans la dépression et prenaient des médicaments, déraillaient et picolaient et fumaient trop de pétards. L'article ne s'encombrait pas non plus de préciser que ces expertises psychiatriques avaient porté sur des femmes en état de choc, profondément meurtries par ce qu'elles avaient vécu ce soir-là, profondément affectées par ce qui se tramait autour d'elles, ce qu'on disait à leur sujet dans la presse, dans les rues, dans la ville, dans la France entière. Profondément ébranlées par l'enquête, la morgue de Laborde et de ma mère lors des confrontations, la violence des interrogatoires, l'humiliation des expertises elles-mêmes. Tout ce que j'écris là sortait de la bouche de Laetitia. Elle était hors d'elle, n'essayait même plus de contenir le volume de sa voix, dont le débit s'affolait. La documentaliste lâchait des soupirs excédés mais Laetitia s'en foutait. C'est bon, y a personne, on dérange qui ? Moi. Vous me dérangez moi. Vous vous calmez ou vous sortez. Laetitia a remballé ses affaires et nous sommes sortis de la bibliothèque. Dans notre dos la vieille a gueulé que le journal appartenait au lycée, qu'on ne pouvait pas l'emprunter, mais Laetitia s'est contentée de presser le pas et de hausser les épaules. Je marchais auprès d'elle, les yeux rivés à son visage fermé, que la colère rendait plus intense encore qu'à l'accoutumée. Elle continuait à parler, avec cette rage froide et véhémente qui la prenait chaque fois qu'elle parlait de son père. La violence du rejet qu'il lui inspirait me stupéfiait. Et je sentais qu'il datait de bien avant. Même si je n'en cernais pas tout à fait la cause. La manière dont il se comportait avec sa mère, avec les gens en général, ses idées, ses opinions, ses actes eux-mêmes, tout la révulsait. Depuis longtemps déjà Laetitia avait endossé le rôle d'opposante numéro un à l'intérieur de la famille. Et cela s'étendait aux questions politiques, pour lesquelles elle s'était prise de passion dès le collège, épousant systématiquement les idées que son père combattait et prenant les siennes en horreur, en bloc, jusqu'au dogmatisme parfois. Nous sommes entrés chez Bulle et elle a commandé deux cafés, comme elle le faisait toujours, sans même me demander ce que je souhaitais. Nous nous sommes installés à « notre » table. Elle était en boucle, ses yeux brillaient et ses mains s'agitaient tandis qu'elle parlait. En dépit des circonstances, des mots qu'elle prononçait, je ne pouvais m'empêcher de la trouver belle à en crever. Même si c'était parfaitement hors sujet. Je tentais de tempérer et aussitôt elle s'emportait. Quoi ? Alors toi aussi tu vas croire à ce torchon ? Tu vas les croire eux plutôt que moi ? Elle me parlait sur un ton méprisant, fustigeait mon aveuglement, ma crédulité, ma naïveté. Ses mains se crispaient sur le papier et elle conspuait cette société pourrie, cette corruption généralisée, cette collusion entre les sphères du pouvoir et des médias, cette façon qu'avaient les puissants de se serrer les coudes et d'essuyer leurs pieds sur la gueule des plus petits, qu'on baisait, dont on usait comme de choses et qu'on réduisait au silence non sans avoir veillé à bien ruiner leur réputation, bafouer leur honneur. À nouveau elle parlait de partir, de quitter cette ville et nos parents dépravés et coupables et qui sortiraient blanchis, pas blanchis pour de vrai, pas innocentés, mais blanchis par défaut, au bénéfice du doute, blanchis parce qu'un non-lieu allait tomber, par insuffisance ou absence de preuves, contradictions et imprécision des témoignages, fiabilité douteuse des plaignantes. La fiabilité des plaignantes... Pas de diplômes, pas de boulot stable, HLM, services sociaux et toute la panoplie. Donc pas fiables. Des pauvres, donc pas fiables. Des femmes, donc pas fiables. Une métisse, une Maghrébine, donc pas fiables. Laetitia écumait de rage. Ce mépris. Cette façon d'écraser les pauvres, les femmes, les immigrés, dans un même geste. À nouveau, je tentais un maigre : mais quand même. Et déjà elle était folle de rage et me fusillait du regard. Mais quand même quoi ? Quand même, ton frère ? Quoi mon frère ? Mon frère est le portrait craché de mon père. Mon frère est déjà corrompu, mon frère est déjà un petit-bourgeois qui ne pense qu'à sauver les apparences, la réputation, l'honneur perdu, le nom souillé, les meubles, les positions, le pouvoir. Quand même les expertises psychiatriques. Quoi les expertises ? Mon cul les expertises. Ah oui ces filles ont été violées, abusées, humiliées, insultées, diffamées. Ah oui ces filles ont eu une enfance de merde, une vie idem. Ces filles galèrent depuis toujours et on s'étonne de les trouver psychologiquement fragiles. Quoi les expertises ? Non, celles de ton père, celles de ma mère. Mais putain Antoine, dans quel monde tu vis ? Qu'est-ce que tu crois ? Mon père a plein de copains psy. Il s'est fait briefer. On lui a dit quoi répondre à chaque question. Ta mère s'est entraînée avec lui. Ils ont fait des simulations. Devant des médecins. Des putains de médecins tu peux me croire. Des pontes. Des puissants. Ils ont répété comme des dingues, j'étais là, je les ai entendus.

Ces mots avaient clos la discussion. Encore une fois j'avais choisi de la croire. J'avais décidé de la croire. Qu'est-ce qui me poussait à la suivre sans réserve ? À supposer que ma mère et Laborde s'étaient bien retrouvés chez elle ? Qu'elle les avait vus, entendus, espionnés ? Qu'elle les avait vus simuler, répéter, corriger leurs réponses, leurs gestes, leurs attitudes, leur ton, sous le regard d'un bataillon de psychiatres spécialisés dans ce type de rapports, des rapports qu'ils rédigeaient eux-mêmes dans d'autres affaires pour la justice, des expertises qu'ils avaient l'habitude de mener, et dont ils donnaient toutes les clés contre quoi d'ailleurs. De l'argent ? Un retour d'ascenseur ? Une pipe de ma mère ? Rien ?

5

Du jour au lendemain tout changea. Quelque chose avait basculé. Même si cette chose n'avait rien à voir avec la vérité. Parce qu'il était le fait d'un journaliste reconnu et paraissait dans un grand quotidien national, et même s'il ne prouvait rien, l'article sembla instantanément laver Laborde de tout soupçon. Toute l'affaire se dégonfla. Le calme retomba sur la ville, soulagée, ne demandant pas mieux finalement, après l'excitation du début, l'ivresse des projecteurs, la fascination pour le scandale.

À la maison cependant, la vie peina à reprendre son cours. Je ne sais à quoi ma mère occupait ses journées. Soudain lavée de ces accusations infamantes, bientôt blanchie par la justice, mais traînant sa réputation de maîtresse répudiée. Gardant dans son sillage la souillure d'un statut dont elle avait joué pour conquérir une place qui ne lui revenait pas. Et qui lui avait conféré un pouvoir dont elle avait usé et abusé. Sitôt l'article paru elle avait pu ressortir de la maison. À nouveau elle avait revêtu ses atours de grande dame, son maquillage soigné, ses vêtements de prix, ses manières courtoises et doucereuses. Cependant elle n'avait repris aucune de ses activités. Qu'elles soient politiques, associatives, culturelles ou religieuses. Quelque chose la retenait de reprendre la place qui avait été la sienne, même avant de devenir la plus proche collaboratrice de Laborde, celle de la mère de famille empressée, archétypale jusqu'à la caricature, comme sortie d'un film. Elle se contentait de tenir la maison, de sortir faire quelques courses, mais rien de plus. Et les gens, pour le peu qu'elle croisait, s'étaient remis à se comporter normalement avec elle. Ou du moins l'avaient feint. Il n'en demeurait pas moins qu'on la considérait comme une salope, et son mari comme un cocu.

Mon père quant à lui avait repris ses habitudes, rentrait tard du travail, passait le plus clair de ses soirées devant la télévision. Comme s'il lui fallait rattraper le temps perdu, après des mois où tout avait été bouclé, débranché. Le week-end il jardinait, partait se balader à vélo, n'avait plus de murs à frotter. La vie recommençait mais c'était une vie plus désincarnée encore qu'elle ne l'avait jamais été, une vie sur pilotage automatique. Tout à fait quotidienne et routinière. Réduite à sa plus simple expression. Camille était à Bordeaux. Je n'étais là que par intermittence, rentrais tard du lycée les jours où je rentrais, m'enfermais dans ma chambre et ne descendais même plus pour le repas. Nous n'échangions plus aucune parole, ne partagions plus rien. Et je me demande aujourd'hui ce qui les retenait de m'engueuler, d'exiger que je me joigne à eux. Ce qui les retenait de me prendre entre quatre yeux et de m'insulter, me traiter de tous les noms, de traître, de lâche, de fils indigne. Je me demande même pourquoi ils me toléraient chez eux. Ne me viraient pas. Pourquoi ils se contentaient de m'ignorer. Et pourquoi ils se souciaient si peu de Camille, ne l'appelant qu'une fois par semaine, chaque dimanche soir vers dix-huit heures, n'échangeant jamais plus de quelques mots banals, y compris avec mon oncle que j'avais parfois au téléphone lorsque je prenais des nouvelles de mon frère, et qui répétait : c'est dingue quand même, je sais qu'ils sont très occupés, préoccupés par toutes ces saloperies dont on accuse ta mère, mais tout de même, c'est leur fils, il souffre, et on dirait qu'ils s'en foutent. Jamais ils ne viennent le voir. Jamais ils ne lui disent de venir. On n'est pas au bout du monde, ici, pourtant. On en revenait toujours là. Nos parents se foutaient complètement de nous, de ce que nous pouvions penser d'eux, de la situation. De nos vies, de nos émotions, de nos sentiments. De notre présent, de notre avenir. Le penser, le formuler, le comprendre ne me faisait rien. Ne me blessait pas. Ne me tourmentait pas. C'était un fait. Je vivais avec. Ou plutôt je vivais à côté.

Depuis un moment, déjà, Laetitia et moi ne nous quittions plus d'une semelle. Nous n'allions au lycée que par prétexte. Tout était bon pour partir de chez nous au matin et ne rentrer que le soir. Dans les boîtes aux lettres de nos parents s'accumulaient des lettres signalant nos absences. La plupart des professeurs avaient fini par ne même plus prendre la peine de les consigner. Nos parents s'en foutaient de toute façon. Ils avaient leurs problèmes et nous n'en faisions plus partie à cette période de leur vie.

Le week-end, nous prenions le TER et nous laissions porter jusqu'à Paris, que nous préférions à Rouen, et même aux bords de mer, aux falaises blanches de Saint-Valéry-en-Caux ou à la plage de Trouville. Laetitia avait de l'argent. Elle ne le demandait pas. Se servait dans les poches de son père, dans le sac de sa mère. Ils le savaient pertinemment mais avaient renoncé à lui en faire le reproche. Sans doute trop gênés aux entournures. Trop mal placés pour prodiguer la moindre leçon de morale. Nous menions là-bas une vie clandestine. Nous enfermions dans des cinémas, nous réfugions dans des cafés, nous endormions sur les pelouses des parcs. Errions du côté de Montmartre ou de Saint-Germain-des-Prés, à Pigalle ou dans le Marais, arpentions les galeries marchandes du quartier chinois dans le 13e, nous mêlions aux foules de Belleville ou de Barbès. M. nous semblait loin, et le lycée, et nos parents. Les pavillons éternellement branchés sur la télévision, les lotissements crevant d'ennui et les cités dont personne n'avait rien à foutre, qu'on laissait pourrir à l'écart. À Paris, contrairement à M., les gens ne restaient pas cloîtrés chez eux, non, les gens étaient dehors, innombrables, dans les rues, les cafés, les restaurants, les magasins, les cinémas. Tant de langues, de visages, d'itinéraires s'y mélangeaient. Nous nous y sentions à la fois parfaitement anonymes et inclus. À force, dans certains quartiers, les serveurs, les caissiers des cinémas, les libraires finissaient par nous reconnaître. Nous nous fondions dans leur quotidien. Ils devaient se dire que nous vivions dans le coin. Nous voir comme un gentil petit couple d'adolescents, passionnés de cinéma, de photo et de littérature.

Laetitia aimait entrer dans les églises. Saint-Julien-le-Pauvre, Saint-Germain-des-Prés, Saint-Eustache, Saint-Jean-l'Évangéliste. Elle s'asseyait et remplissait des petits carnets saturés d'encre noire. Parfois elle fermait les yeux et ses lèvres murmuraient des prières. Son visage très blanc et aigu, ses longs cheveux corbeau vibraient dans la lueur des cierges. Et même là, rien ne paraissait pouvoir apaiser sa colère : elle semblait demander qu'on la délivre. Elle oscillait en permanence entre la rancœur, le dégoût, de ses parents, de son frère, du monde et d'elle-même, et une sorte de silence méditatif, de retranchement intérieur. Elle devenait alors inaccessible, impénétrable et étrangement vibrante. Son visage revêtait une intensité supérieure, magnétique, qui me fascinait. La rejoignant chaque matin dans le bus, je ne savais jamais dans quel état j'allais la retrouver, ni comment elle allait m'accueillir. S'accrochant à moi comme à une bouée la sauvant de peu de la noyade, de l'asphyxie. Ou s'exaspérant de ma présence molle et résignée, indifférente à ce qui se jouait autour de nous.

Les derniers temps, Laetitia ne me parlait plus de ce qui se passait chez elle quand elle rentrait.

L'ambiance qui y régnait, la manière dont on s'adressait à elle, la façon dont elle occupait le temps, dont elle protégeait sa sœur ou tentait de le faire. Les visites du grand frère, ses conciliabules avec le père, ses grands airs outragés et son obsession de reconquête, leurs engueulades quand Laetitia laissait transparaître son dégoût. Ses leçons de morale et le mépris qui suintait dès qu'il parlait de ces femmes. Elle n'évoquait plus qu'à demi-mot la stoïcité de son père, que rien de tout cela n'avait jamais paru atteindre, qui semblait sûr de lui et de l'issue de cette « regrettable affaire ». Quant à l'hystérie permanente de sa mère, aux insultes qu'elle adressait à son mari, aux menaces qu'elle proférait, au chantage et à ses crises de rage, Laetitia n'en faisait plus mention : elle les jugeait trop théâtrales, trop grandiloquentes pour être sincères. Et même bien avant, avant même la parution de l'article si j'y réfléchis, Laetitia ne s'animait plus vraiment que lorsque surgissait un nouvel élément de l'enquête. Une fuite. Un témoignage. Une révélation. Elle lisait tout, consultait tout, commentait tout, analysait tout. Pesait le pour et le contre. Estimait la portée de chaque argument. Sa capacité à faire pencher la balance. Inlassablement, elle scrutait le moment où les masques tomberaient, et où son père comme ma mère seraient nus. Que tout cela n'ait que peu de chances de se produire, que le combat soit perdu d'avance parce que trop déséquilibré la plongeait dans une rage terrible. Obsessionnelle. Elle parlait alors de se rendre au commissariat et de balancer tout ce qu'elle savait.

Tout ce qu'elle avait entendu, lu, compris. Elle disait : je pourrais constituer un dossier et le coincer cet enfoiré. La coincer cette sale pute. Elle parlait d'eux ainsi et pas un instant nous ne réalisions qu'il s'agissait de nos propres parents. Ou bien peut-être qu'au contraire nous ne le savions que trop bien, et que c'était la seule chose qui nous retenait. Peut-être aussi lui aurait-il fallu pour agir être soutenue par un partenaire moins passif, moins inerte, moins résigné, moins impassible que je ne l'étais. Parfois elle me regardait en secouant la tête. Puis elle lâchait un soupir. Mon manque de conviction, ma mollesse, mon impuissance la décourageaient. On dirait que tu t'en fous, répétait-elle. Qu'une part de toi ne parvient pas à faire le deuil de sa jolie maman parfaite. Ta mère est une sale merde, Antoine. Fous-toi bien ça dans le crâne une fois pour toutes. Des fois je me demande dans quel camp tu es.

Un jour aussi, elle m'a traîné jusqu'au petit bloc HLM où vivaient Celia B. et Lydie S. Nous nous étions planqués derrière une haie constellée de mouchoirs usagés, de papiers gras et de préservatifs. Avions scruté l'entrée, le hall couvert de graphes où des types squattaient et faisaient leurs petits trafics, à deux pas des pelouses où des bonnes femmes surveillaient des gosses occupés à se disputer des ballons ou à se balancer des tartes. Celia B. avait fini par surgir. Elle était minuscule et usée. Une gamine mal fagotée s'accrochait à son bras. Elle s'est arrêtée pour parler à une grosse femme qui tenait deux enfants par la manche et semblait ne pas se soucier un instant qu'ils gigotent et se débattent comme des diables pour lui échapper. Celia B. avait les traits tirés, les joues creusées, des cernes sombres soulignaient ses grands yeux. Elle tremblait un peu. Tout en elle trahissait l'épuisement le plus total. Un peu plus tard Lydie S. était apparue. Avec son look un peu pétasse, son petit gilet sans manches à motif léopard et ses leggings qui moulaient son cul perché. Elle était trop maquillée et mâchait son chewing-gum. Laetitia trépignait. Elle disait : il faut que je leur parle. Je la retenais mais ça ne servait à rien. J'aurais aussi bien pu lâcher son bras. Elle n'y serait jamais allée. Elle se sentait trop coupable. Elle se dégoûtait elle-même. Être la fille de Jean-François Laborde la dégoûtait. La détruisait. Elle ne supportait plus le regard qu'on portait sur elle. À part peut-être le mien. Elle ne supportait pas le regard de ceux qui la voyaient comme la fille de son père. Ni celui de ceux qui la plaignaient. Je connaissais ça par cœur. En dépit de tout ce que je pouvais prétendre, être le fils de ma mère était un calvaire. Être insulté ou pris en pitié était un calvaire.

6

Des semaines. Des mois. De notre première rencontre à notre départ. Parfois je me demande comment nous avons pu tenir si longtemps. Ne pas prendre la fuite plus tôt, elle et moi. Il n'y avait qu'à Paris que nous échappions à ce qui nous cernait. Ou tout au fond du parc du lycée, à l'abri des regards et dans la ouate des écouteurs que nous partagions, la fumée des cigarettes que nous fumions ensemble. Il y avait aussi le café Bulle et Nadine, la patronne, qui nous prenait dans son regard et avait toujours les bons mots, cette manière de se comporter avec nous comme si elle ne savait pas qui nous étions, ou au contraire de rabrouer discrètement tout connard ricanant à notre endroit, de toujours nous réserver la table du fond, de s'intéresser aux livres que nous lisions, de nous demander si ça nous arrivait des fois quand même d'aller en cours, de nous appeler les amoureux. Les amoureux…

Pendant des semaines, des mois, nous nous sommes planqués. Nous terrions de refuge en refuge. Nous serrions au creux des préfabriqués déserts. Accueillant quelques cours au fil de la journée mais le plus souvent laissés au silence, ils formaient au milieu des grands arbres des cabanes de fortune, où se blottir et se perdre dans la musique de nos écouteurs. Le soir, nous prenions le dernier bus et marchions sans but parmi les pavillons alignés. Derrière les fenêtres se jouaient tant de vies paisibles, menées par des familles unies, traversées de soucis mineurs, de querelles banales. Comment était-ce seulement possible ?

Quand nous n'allions pas chez Nicolas, qui avait vite abandonné sa méfiance première à l'égard de Laetitia, et sans doute succombé, même s'il ne m'en a jamais rien dit, n'a jamais rien laissé transparaître, à cette attirance en forme de torture, d'aimantation irraisonnée, qui était mon lot désormais, ma joie et ma souffrance comme disait un personnage d'un film de Truffaut dont j'avais oublié le titre, c'est dans la forêt que nous trouvions un lieu où disparaître. Nous y avons passé la moitié d'un été. L'autre s'était dépensée dans les rues abandonnées de Paris, la ville en août comme un immense village silencieux, une forêt d'immeubles vides et brûlants. Quartiers pris dans la torpeur et parcs grillés où les gamins criaient sous les jets d'eau. Types en sandales dans les rues soudain poussiéreuses et sèches, comme recouvertes d'un fin dépôt de sable, une lumière jaune le long des magasins fermés pour la quinzaine. Nos parents n'avaient même pas évoqué la question d'un départ. C'était la première fois que nous passions un été entier à M., alors que nos camarades de classe étaient tous quelque part, dans un camping ou un village-vacances, une maison de famille ou de location. Mon père m'avait tout de même proposé de rejoindre Camille. Mon oncle et ma tante étaient disposés à m'accueillir une semaine ou deux. Peut-être même nous emmèneraient-ils quelques jours au bord de la mer, à Lacanau ou à Hossegor. Mais j'avais refusé. Je ne voulais pas quitter Laetitia. Elle me semblait trop instable, inflammable. J'avais peur qu'elle fasse une connerie. Il était de mon devoir de la surveiller. De la stabiliser. De lui servir, selon les moments, d'exutoire, de point de fixation à sa colère, de chiffe molle sur quoi passer ses nerfs, ou de bras consolateurs. Aujourd'hui bien sûr, je me dis que c'est mon frère que j'aurais dû tenter de protéger ainsi, et le remords de ne pas l'avoir rejoint cet été-là demeure une plaie ouverte, une honte qui me défigure et me retient de tout à fait pouvoir me regarder en face.

Étions-nous ensemble, Laetitia et moi ? C'était difficile à dire. Nous ne nous quittions plus d'une semelle, nous endormions sous les grands arbres en nous tenant la main. Parfois, Laetitia me demandait de la serrer fort. Et quand je cherchais sa bouche elle ne me la soustrayait pas toujours. Elle laissait alors ma main s'aventurer sous son tee-shirt. Souvent cela semblait lui plaire, et elle paraissait s'y abandonner. Elle me rendait mes baisers et mes caresses. Je bandais et elle me branlait un peu. Je la sentais mouiller et s'ouvrir doucement sous mes doigts. Et puis soudain elle réalisait ce que nous étions en train de faire, la pente où nous glissions, et se raidissait, me repoussait violemment, me demandait ce qui me prenait, m'insultait parfois. Elle me regardait alors de très haut, prenait les airs de très belle fille arrogante qu'elle aurait pu être, chassant un soupirant coincé dans mon genre d'un simple geste de la main, comme une mouche indigne de sa beauté, de son aura, de sa réputation. La fille populaire ultra-convoitée qui envoie valser d'une pichenette dédaigneuse le freak de service. Je nous voyais comme un frère et une sœur un peu trop proches, toujours au bord de l'inceste et rattrapés en permanence par la conscience que ce que nous faisions là était mal. Ou interdit.

Dans la forêt parfois, nous nous mêlions à des groupes. Ils venaient d'une autre ville, de l'autre côté des arbres, fréquentaient d'autres lycées, n'avaient aucune idée de qui nous pouvions bien être. Ils s'installaient dans une clairière, décapsulaient des bières, vidaient des grandes bouteilles de soda mêlées de mauvais whisky ou de gin, faisaient tourner des joints dans la musique des Ghetto Blaster, dansaient les bras ouverts et les yeux plantés dans le ciel lacéré de branches perlées, brassées de feuilles translucides vibrant doucement dans le bleu immense. Je restais assis dans mon coin adossé à un arbre et je regardais Laetitia se joindre à eux, se laisser porter par la musique et jeter sa tête en arrière, livrer son visage à l'air moite du soir tombant. Je voyais les types danser avec elle, prolonger de leurs bras ses propres bras, se coller contre elle et se frotter un peu. Je me mordais les joues quand ils tentaient d'embrasser son cou ou que leurs mains frôlaient ses seins. Je mordais mes joues quand elle faisait mine de se laisser attraper la bouche avant de s'y soustraire, dans un sourire qui la rendait plus désirable encore. Me voyant me lever, elle me faisait signe de la laisser tranquille, me sommait de rester à ma place, me rabaissant au rang de gamin, de petit frère encombrant, de rabat-joie. Puis soudain, alors que ces jeux de chat et de souris se précisaient, qu'ils perdaient peu à peu de leur innocence, que les garçons se faisaient plus insistants, en réclamaient plus, tentaient de lui soutirer de vrais baisers, alors que mon sexe durcissait jusqu'à la douleur, elle n'en pouvait plus. Quelque chose en elle se fissurait et il lui fallait partir immédiatement. Elle m'attrapait par le bras et nous nous enfuyions comme des voleurs, nous frayant un chemin parmi les arbustes qui nous griffaient. Plus tard, dans la nuit survenue, tandis que nous rentrions vers la ville, apercevant entre les derniers arbres les tours allumées de la cité des Bosquets, traversant les grands entrepôts de tôle de la zone industrielle, elle s'effondrait soudain et répétait qu'elle n'était pas mieux que son père, pas mieux que son frère, qu'elle était perverse et souillée, qu'elle était impure, à jamais salie et foutue d'avance. Elle s'accrochait à moi pour ne pas tomber, me glissait à l'oreille que j'étais gentil, pas son genre mais que j'étais gentil, qu'elle ne me méritait pas : elle me faisait souffrir et elle le savait. Elle aurait voulu m'aimer autrement, disait-elle. M'aimer comme une fille aime un garçon. Mais elle n'y arrivait pas, voilà tout. Je la laissais devant le portail de sa maison, le pantalon sali de terre et le maquillage dégoulinant. Je tentais de me la figurer traversant le salon dans le silence glacial où se muraient ses parents, rejoignant sa petite sœur et se glissant dans son lit. Se blottissant contre elle. La serrant dans ses bras et la couvrant de baisers. Lui demandant pardon de ne pas mieux prendre soin d'elle. De la laisser seule avec les pourritures qui leur servaient de parents. Puis je rentrais chez moi à mon tour. Que trouvais-je alors ? Au fil des jours, des mois, des semaines. Mes parents claquemurés dans leur chambre ? La lueur du téléviseur devant lequel mon père somnolait tandis que ma mère se terrait dans la salle de bain depuis déjà des heures ? Ou bien l'obscurité du salon où entrait l'air de la nuit, l'odeur du jardin où mon père grillait cigarette sur cigarette, attendant son retour quand, après la parution de l'article, après que tout s'était renversé du jour au lendemain, à nouveau elle s'était remise à quitter la maison. Où allait-elle alors ? Rejoignait-elle Laborde à l'hôtel ? La conduisait-il dans une autre ville ou dans un club, une soirée un peu particulière ? Ou allait-elle seulement le supplier de la reprendre pour maîtresse, de ne pas l'abandonner tout à fait ? Comment savoir ? À cette époque à nouveau, mon père trouvait la maison déserte quand il rentrait du travail. Ma mère ne revenait qu'au cœur de la nuit. Je les entendais s'engueuler comme avant. Comme avant que l'affaire éclate et que mon père décide de veiller sur elle. Avant qu'ils fassent front ensemble contre le monde entier, y compris leurs enfants. Parfois je me dis que, pour lui, l'affaire avait été une sorte de bénédiction : pendant quelques mois, il avait repris possession de sa femme. Il lui avait tout passé, tout pardonné, sa liaison avec Laborde, les clubs, les partouzes, les soirées bizarres et même cet « incident », comme il disait, je l'avais entendu une fois en parler en ces termes : cet « incident avec ces deux folles ». Il répétait que tout allait passer, se résoudre, se calmer. Ça avait pris des mois entiers. Nous avions vécu comme des dingues comme ça pendant des mois entiers. Ils auraient pu changer de ville pour échapper à tout ça, mais non, mon père n'avait pas voulu, la seule fois où j'avais osé évoquer l'idée, bien avant que Laetitia ne me dessille, il avait minoré. Il avait dit ça va s'éteindre mais au fond tout ça devait bien l'arranger : tant que la rumeur enflait, tant que les insultes pleuvaient, il tenait ma mère prisonnière dans son petit pavillon, dans le silence de sa chambre, dans la menace de tout déballer chez les flics, et que Laborde finisse en taule, et elle avec. Comment imaginer ce huis clos ? Les mots qui pouvaient s'échanger alors. Les gestes. Le mépris, la rancune. Et cette solidarité bizarre. Les soirs où ils baisaient si fort que leurs gémissements transpiraient la haine. La baise comme un règlement de comptes morbide. Leur indifférence. Camille à Bordeaux où il semblait vivre à demi. Comme en convalescence. Et ma présence dont ils ne tenaient aucun compte. Ou bien certains soirs au contraire faisant comme si tout cela était normal. Comme s'il était normal de dîner tous les trois. Je ne me souviens même pas des paroles qui s'échangeaient alors. Leur donnais-je des nouvelles du lycée ? Leur racontais-je des anecdotes ? Leur parlais-je des films que j'avais vus, des livres que je lisais, que Laetitia m'achetait chez Gibert avec l'argent qu'elle volait à son père ? Commentions-nous les développements de l'actualité ? Mon père parlait-il de sa vie au bureau ? Et ma mère qui pour ce que j'en savais ne quittait plus la maison, que pouvait-elle raconter de sa vie de captive, assignée à résidence ? Que répondait-elle à la question : alors, qu'est-ce que tu as fait aujourd'hui ? Je ne comprenais pas qu'elle reste enfermée, qu'elle ne prenne pas la voiture pour se promener en forêt, ou rouler jusqu'à Rouen ou même Paris où une autre vie, tout à fait anonyme, aurait été possible pour elle, comme elle l'était pour moi. Savais-je alors qu'elle n'en aurait pas eu la force ? Que tout ce temps elle était abrutie par les médicaments ? Qu'elle planait dans un demi-sommeil comateux, une ouate chimique ? Avais-je vu, dans la salle de bain, les plaquettes de cachets ? Aujourd'hui il me semble que oui, des images me reviennent, l'armoire à pharmacie ouverte et remplie de boîtes. Et qui me disait qu'elle ne sortait pas ? Qu'au motif que rentrant à la maison je la trouvais là elle n'avait pas passé sa journée ailleurs ? D'où me venait cette certitude ? Y repensant, cette version me paraît d'ailleurs peu plausible. Il y eut tant de semaines et de mois avant que le vent tourne, avant que dans l'esprit de chacun ma mère se mue en victime, une victime pas tout à fait lavée mais une victime tout de même. Tant de semaines et de mois avant que paraisse cet article complaisant mais auquel finalement, après la défiance et le lynchage, tout le monde ne demandait qu'à croire. Oui, tout le monde ne demandait qu'à croire à l'innocence de Laborde, tout le monde ne demandait qu'à absoudre le grand homme qui passe à la télévision et fraie avec les grands de ce monde, dont l'aura nationale rejaillissait sur la ville entière et lui donnait un peu de fierté, la distinguait de ses voisines pareilles et contiguës. Tant de mois de semaines et bien sûr les choses avaient dû se passer autrement mais tout est si loin maintenant. Et si trouble. Dans mon esprit tout s'emmêle et se confond. Se brouille sous un empilement de tulles qui couche après couche faussent la netteté du trait, la précision des dates et du temps passé.

7

Ce n'est qu'avec le jour du non-lieu qu'à nouveau les choses se dessinent avec netteté. Comme celui de l'annonce du scandale, il me revient avec un éclat étrange. Comme si entre ces deux points, entre le début et la fin de l'affaire, tout n'avait été que chaos insaisissable. Laetitia l'avait appris la veille au soir. Chez eux, Laborde avait convoqué ses proches, sa famille, ses collaborateurs. Il y avait même deux ou trois responsables haut placés de sa formation politique. Un ancien ministre. Et bien sûr son grand frère, venu exprès de Lyon, qui plastronnait. Tout le monde était là sauf ma mère. Tout le monde fêtait d'avance ce qui ne serait annoncé que le lendemain. La décision avait déjà fuité. Les plaignantes étaient jugées trop peu fiables. Leurs déclarations trop approximatives et contradictoires. Leur entourage trop intéressé par la perspective de nuire à Laborde. Un non-lieu allait être prononcé. Pas assez de charges. Pas assez de preuves. Chez Laetitia on trinquait, on descendait des litres de champagne. Un traiteur avait aménagé un buffet. Le grand frère regardait Laetitia en coin, ne lui adressait pas la parole mais ses yeux parlaient pour lui, l'accusaient, la méprisaient, la rabaissaient au rang de traîtresse vaincue. Il pérorait, parlait d'honneur retrouvé, d'affront lavé, de nom blanchi. Elle avait fini par s'éclipser, et je l'avais rejointe au bord de l'étang. Un cercle de terre battue en faisait le tour, semé de bancs tagués. Au-dessus de l'étendue noire et lisse se dressaient les grandes tours des Peupliers, l'autre grande cité de M. La forêt était trop sombre à cette heure. Le parc de loisirs fermé par de lourdes grilles. Il n'y avait dans cette ville aucun café digne de ce nom. Chez Nicolas se tenait un dîner familial pour l'anniversaire de son grand-père. Nous n'avions nulle part où aller. Laetitia avait dit : on n'a qu'à se retrouver à l'étang. Sur le coup, je n'ai pas songé qu'elle avait une idée derrière la tête.

Laetitia s'est allongée en chien de fusil et a posé sa tête sur mes genoux. J'ai caressé son front comme je le faisais toujours pour la calmer quand elle partait en vrille, que la colère la submergeait. Elle répétait en boucle : c'est dégueulasse, Celia B. a perdu son emploi d'Asem à l'école, son mec a été viré de son job d'animateur au centre social, Lydie S. passe son temps en hôpital psychiatrique et on lui a de nouveau confisqué la garde de ses gosses. On a détruit ces gens. On les a détruits deux fois. Et maintenant on va faire d'eux des parias, des petits intrigants avides de pognon et manipulés par des fachos. Et d'une certaine manière elle se sentait responsable et complice. Elle s'appelait Laborde elle aussi. Depuis tout ce temps elle avait accumulé les preuves et elle n'avait rien dit. Rien dit à personne à part moi. Elle voulait y aller. Aller les voir. Celia B. et Lydie S. S'excuser. Leur dire qu'elle au moins les croyait. Qu'elle savait. Elle parlait en fixant les petits blocs d'immeubles de l'autre côté de l'étang. Ceux où vivaient les deux femmes précisément. Ceux-là même à côté desquels nous nous étions planqués des mois plus tôt pour tenter de les apercevoir. Au même moment des lumières bleues se sont mises à tourner. Les pompiers. La police. Laetitia s'est soudain redressée. T'as vu ? C'est l'immeuble de Celia B. Tu crois qu'ils viennent l'arrêter ? Tu crois qu'on va la foutre en taule ? Elle s'est levée et s'est mise à marcher vers les lumières. Quand nous sommes arrivés ça s'agitait au pied du bâtiment. Il y avait les flics et un camion du Samu. Quelques badauds s'étaient massés. Nous nous sommes glissés parmi eux. Et nous avons vu. Le corps qu'on transportait sur une civière et recouvert d'une couverture. Et ce grand type en perfecto avec sa boucle d'oreille et ses dents gâtées, ce grand type qui tenait une gamine qui hurlait dans ses bras. Et elle aussi, la gamine, nous l'avons reconnue. Nous l'avions vue tenir la main de sa mère. Nous les avons reconnus tous les deux. Le mec du moment de Celia B., celui qu'on avait viré de son job d'animateur social, celui que les flics avaient averti dix fois, chaque fois que les voisins appelaient parce que ça gueulait trop, parce qu'il y avait des cris, des coups, des hurlements, des menaces. Celui dont on disait qu'il trempait dans des affaires louches depuis si longtemps qu'il avait sûrement dû jouer un rôle dans toute cette histoire. Ses yeux étaient rouges et remplis de larmes, il essayait de calmer la gamine, la serrait dans ses bras tandis qu'elle lui frappait la poitrine et tentait de lui échapper. Autour de nous, les commentaires fusaient. Les voisins parlaient de ce qu'ils avaient vu. De ce qu'ils avaient entendu. Le type était rentré avec la fillette et la porte était verrouillée de l'intérieur. Il avait appelé mais personne n'avait répondu. Il avait composé le numéro de téléphone et de l'autre côté de la cloison la sonnerie de Celia B. avait retenti. Et sa bagnole était garée en bas. Il avait appelé Lydie S. et non, Celia n'était pas avec elle. Il avait fait le tour des voisins, des connaissances et non, personne ne l'avait vue. Alors il avait fini par défoncer la porte. Et l'avait trouvée morte. La gamine avait vu sa mère sur le tapis, et le sang répandu sur le lino. Sur le buffet de l'entrée il y avait une lettre. Le Samu avait fini par arriver mais c'était trop tard.

Le suicide de Celia B. n'a été annoncé dans les journaux nationaux que deux jours plus tard. Et n'a fait l'objet que d'encarts insignifiants. Un silence de plomb s'est abattu sur la mort de Celia B. Sur sa lettre où elle répétait tout ce qu'elle avait toujours dit aux juges, à la police. Où à nouveau elle accusait Laborde et ma mère de l'avoir violée et salie, et maintenant privée de son honneur. Une lettre bourrée de fautes de grammaire, complètement confuse et incompréhensible par endroits. Une lettre hystérique qu'on verserait au dossier et qui après expertise viendrait confirmer aux yeux des psychiatres, des graphologues, la nature délirante, dépressive, instable, paranoïaque et mythomane de Celia B. Une lettre dont nous ne découvririons jamais le contenu exact, parce que personne ne la publierait jamais, une lettre dont nous ne saurions jamais si elle avait fait parler, au moins à M., parce que déjà nous serions loin, à des centaines de kilomètres de là, loin de toute cette merde, que nous avions fuie, laissée derrière nous, comme on tente d'effacer le passé et de repartir à zéro. Mais dont nous entendrions des passages dès le lendemain, dans la maison même de nos parents.

Nous avions fini par rentrer chez nous après avoir marché pendant des heures dans les rues endormies. Seuls quelques chiens veillaient, gueulaient à notre passage. Chez les Laborde, la soirée s'était achevée. La maison était plongée dans le noir. Au moment de nous en approcher nous avons vu le maire en sortir et s'engouffrer dans sa voiture. Je n'ai compris où il allait qu'après avoir laissé Laetitia et rejoint ma propre maison. La voiture de ma mère n'était plus là elle non plus. Mon père était au salon, affalé devant la télévision. Son regard a quitté l'écran pour se poser sur moi. Je suppose que tu es au courant, m'a-t-il lancé. Tu vois, il y a une justice dans ce pays. Heureusement pour ta mère que ce sont les juges qui décident de condamner ou non. Et pas ses propres enfants… J'étais stupéfait. Pendant tous ces mois jamais nous n'avions évoqué l'affaire. Jamais je n'avais prononcé le moindre jugement, la moindre hypothèse devant mon père. Ma désertion, ma fuite permanente étaient-elles à ce point transparentes ? Je n'ai rien répondu. Je me suis contenté de grimper les escaliers quatre à quatre. À l'étage leur chambre était déserte.

Je suis entrée dans la mienne. J'ai allumé la musique et me suis assis à mon bureau. Il y avait longtemps que je ne guettais plus Léa de l'autre côté de la rue, la lumière à sa fenêtre, sa silhouette tandis qu'elle commençait à se dévêtir. Je suis resté un long moment à écouter la radio, la musique et les voix qui s'y succédaient dans la nuit, à tenter des ébauches de texte ainsi que je le faisais depuis plusieurs mois, à feuilleter des livres sans parvenir à me concentrer sur leur contenu. Il devait être trois heures du matin quand j'ai vu rentrer ma mère. Vêtue, maquillée, apprêtée comme pour se rendre à une soirée dans le grand monde, ou à un rendez-vous galant. Trois heures du matin quand sa clé a tourné et que j'ai entendu la voix de mon père s'élever, la voix de mon père déformée par la colère et l'alcool, la voix de mon père qui vociférait. Je me rappelle avoir mis mon casque de walkman sur mes oreilles et monté le volume à fond pour ne plus rien entendre. M'être assuré que mon sac était bien dans mon placard, prêt et rempli du strict nécessaire, quelques vêtements, mes papiers d'identité, un peu d'argent. Chaque soir avant de me coucher j'en vérifiais le contenu, je me tenais prêt. Au moindre signal je me tenais prêt à partir. J'attendais que Laetitia le décide. Elle avait une idée, un endroit où aller, ça n'avait pas besoin d'être une planque particulièrement secrète : personne ne viendrait nous chercher elle en était certaine. Chaque jour elle me disait demain on part et chaque lendemain elle repoussait. Affirmait qu'elle n'avait plus la force, plus le courage, qu'elle ne voulait pas abandonner sa sœur, et même sa mère qui, au fond, lui faisait pitié.

Ce sont les coups à la porte qui m'ont réveillé. Les pas de mon père allant ouvrir puis la voix paniquée de ma mère. Et celle d'un type qui l'insultait en hurlant. Je suis sorti de ma chambre et mon père beuglait qu'il allait appeler les flics. Je suis arrivé en haut des escaliers et le type se tenait là comme un dingue avec son couteau dans une main et sa lettre dans l'autre. Il la lisait en chialant, en s'arrêtant pour répéter elle s'est tuée, vous l'avez tuée, elle s'est tuée, elle avait un enfant, vous lui avez fait vivre un enfer, avant de reprendre la lecture de la lettre où quelqu'un disait j'en peux plus je vais en finir mais avant ça je veux redire ce qui s'est passé. Redire que je n'ai jamais menti, que j'en ai rien à foutre du pognon, que je veux juste que justice soit faite et qu'on punisse cet enfoiré et cette salope. J'ai descendu quelques marches et le type se tenait là face à mes parents et derrière lui, il y avait la gamine et elle semblait terrorisée. Des larmes couvraient son visage et il lui répétait : regarde. Regarde-les bien ces porcs. Regarde, c'est eux. C'est eux qui ont tué ta mère, ils lui ont fait du mal et quand elle a voulu se défendre ils l'ont traitée de folle et de menteuse. Regarde-les bien putain et soudain la porte a valdingué. Des flics sont entrés et l'ont immobilisé le visage contre le carrelage et le bras serré tordu dans le dos. Deux d'entre eux ont éloigné la gamine et elle a vu les autres se saisir du couteau de son beau-père et le menotter. Elle l'a entendu traiter ma mère de pute, mon père d'enculé, hurler à s'en faire péter la voix pendant que les flics le relevaient et l'emmenaient dans leur fourgon, pendant que d'autres parlaient à mes parents et leur disaient qu'il était passé chez Laborde juste avant, que c'est comme ça qu'ils avaient su. Le type n'avait pas eu le temps de faire grand-chose, juste balancer des insultes et proférer des menaces, et se barrer avant que les flics arrivent. Là-bas quelqu'un lui avait dit : vous feriez mieux de partir tout de suite j'ai appelé la police. Il avait entendu les sirènes approcher et s'était tiré à toutes jambes avec la gamine, avait rejoint sa bagnole et avait dû foncer ici direct. Heureusement tout le monde était sain et sauf. Y compris Laborde.

Quand je suis remonté dans ma chambre, mon téléphone clignotait. Laetitia me demandait de la rejoindre à la gare. J'ai attrapé mon sac dans le placard et j'ai dévalé les escaliers. Il y avait encore deux flics qui écoutaient ma mère raconter ce qui s'était produit. Raconter que ce type avait déboulé dans le salon en hurlant n'importe quoi. Elle n'a pas parlé de la lettre. Elle a seulement répété que le type beuglait que sa copine était morte et que c'était de sa faute à elle, qu'il allait la venger et puis ils étaient arrivés, les flics avec leurs fourgons, leurs armes, leurs menottes. Je suis passé devant eux sans un regard, je suis sorti et quand mon père m'a hurlé de rester là, m'a demandé où j'allais, où je me barrais comme ça après une frayeur pareille, m'a ordonné de rester ici, j'ai levé bien haut mon majeur et lui ai dit d'aller se faire enculer, et ma mère pareil. Qu'elle aille se faire mettre. D'ailleurs c'était bien la seule chose qu'elle aimait non, se faire mettre ? Et je me suis mis à courir dans les allées du lotissement. Au bout de la rue, le fourgon de police s'éloignait toutes sirènes hurlantes. J'ai couru jusqu'à l'avenue qui séparait la résidence du reste de la ville, l'écheveau de petits pavillons de pierre meulière, avec leurs grilles menaçantes encerclant leurs jardins sordides et les clébards qui gueulaient, les haies taillées ras, les arbustes un peu malades, les barbecues de ferraille et les cabanes de plastique vert. J'ai pris le premier bus et je me suis installé tout au fond. Il était rempli de types avec des sacoches, de femmes en tailleur C&A, d'étudiants avec leurs écouteurs sur les oreilles, qui partaient prendre le TER pour Paris. À la gare on croisait le flot inverse, des hommes, des femmes, noirs pour la plupart, rentraient de leurs boulots de nuit à l'hôpital ou à la surveillance d'un parking, d'un entrepôt, d'un chantier, ou du ménage à l'aube dans les grands bureaux de la Défense, du 8e arrondissement ou des zones d'activité ceinturant Rouen. Dans le hall puant le café soluble et le parfum industriel de croissant et de pain au chocolat, Laetitia m'attendait. Je lui ai demandé où on allait et elle m'a juste répondu : Montparnasse. Après ça, pendant plusieurs heures, elle n'a plus prononcé le moindre mot. Elle s'en voulait trop. D'avoir appelé les flics. De ne pas avoir laissé le mec de Celia B. planter son père. C'est ce qu'elle m'a dit un jour, longtemps après. Mais je n'en ai jamais cru un mot.

8

Le suicide de Celia B. ne changea rien. Une fois le non-lieu prononcé, pour ce que j'en sais, à M. tout reprit son cours tranquille. À quelques détails près. Laborde n'était plus ministre délégué et la configuration politique était sur le point de basculer. Personne au gouvernement ne songea à le réintégrer. Il allait devoir patienter avant de regagner sa place, ça prendrait des années, et il n'en semblait plus si loin quand l'accident qui avait provoqué sa mort s'était produit. Il avait certes perdu son siège de sénateur dans l'histoire, mais les prochaines élections qui s'annonçaient se profilaient avantageusement le concernant : la nouvelle majorité avait déçu et une alternance s'annonçait, dont il serait l'un des bénéficiaires. En attendant, un peu moins d'un an après la clôture de l'instruction, il fut réélu triomphalement à la mairie de M., à la tête d'une liste où ne figurait pas ma mère.

III

1

La route défilait et toute cette période me revenait dans le désordre. Des journées me paraissaient des mois. Des mois entiers se fondaient en une ou deux images, un sentiment, une sorte d'errance trouble. Tout me semblait irréel, imprécis, contradictoire, sujet à caution. Comment avais-je pu aussitôt l'affaire placée sur la place publique n'avoir pas pris la défense de ma mère ? Ne pas, aux côtés de mon père, l'avoir soutenue, étreinte ? Comment avais-je pu m'être si rapidement désolidarisé d'elle ? Avant tout cela je n'avais jamais formulé le moindre jugement à son endroit. Sans doute, comme tous les adolescents, devais-je l'aimer, en dépit de tout. D'une manière étrange, excédée, fondée sur le rejet, mais tout de même. Sans doute mon père, malgré sa dureté et son conformisme, m'inspirait-il aussi un certain respect, une certaine forme d'affection. Avais-je toujours été à ce point à distance, à ce point dénué d'affect ? Ce matin même Chloé me l'avait reproché. Je lui avais dit : je pars pour quelques jours. J'avais refusé d'entrer dans les détails. Elle avait bien vu que j'étais troublé mais j'étais resté clos sur moi-même, fermé à double tour. Elle m'avait lancé : Antoine si tu veux qu'on continue, il faut qu'on partage un peu plus. Un peu plus que la baise et les bières dans les dunes. Certes elle m'avait aimé parce qu'elle ne savait rien de moi, parce que j'étais un vide à remplir. Mais maintenant ça ne lui suffisait plus, elle ne pouvait plus s'en contenter : on ne pouvait rien construire sur du sable. Elle avait commencé à pleurer quand aux questions : mais tu veux qu'on continue, au moins ? Tu tiens un peu à moi ? Ça fait une différence que je sois là ou pas ? Qu'on continue ou pas ? je n'avais rien répondu. Elle était retournée se coucher, visiblement ébranlée. Je ne l'avais pas rejointe. Ne m'étais pas glissé sous les draps pour la serrer dans mes bras, la rassurer. Non. Je m'étais contenté de saisir mon sac, mes clés. Et de laisser sur la cheminée un papier plié en deux, où je lui recommandais de bien fermer en partant, et de laisser le trousseau sous la grosse pierre près du robinet d'extérieur.

L'asphalte défilait et c'est à ça que je pensais, ce ruban de temps comme une autoroute où tout se fondait en une seule teinte. Une teinte forcément faussée. Je roulais vers M. Je n'y avais pas remis les pieds depuis ce jour-là. Je n'avais jamais eu de nouvelles de mes parents et ils n'avaient pas cherché à en prendre. Ou s'ils l'avaient fait c'était mollement, sans conviction. Je n'étais pas si difficile à trouver. À mes yeux il s'agissait là d'une sorte de preuve. Qui validait le choix que j'avais fait dix ans plus tôt. Qu'est-ce qui m'avait poussé à agir ainsi ? Certains jours je n'arrivais plus à m'ôter de l'esprit que Laetitia m'avait embobiné. Que je l'avais suivie aveuglément. Que j'avais adopté sa rage. Alors que ce n'était pas la mienne. Une rage qui trouvait sa source dans la haine obscure qu'elle vouait à son père depuis longtemps déjà, depuis bien avant les événements. Une rage qui se fondait sur un vécu dont j'ignorais les détails. Et qu'exacerbait le rejet massif que Laetitia nourrissait à l'encontre des faux-semblants et des valeurs de la bourgeoisie dont elle était issue malgré elle, qu'elle exécrait de toutes ses forces, avec cette radicalité extrême propre à l'adolescence.

Certains jours aussi, j'en venais à me demander si le mal qu'avait fait ma mère, son comportement, les fautes qu'elle avait commises étaient à ce point impardonnables. Si elle était si fautive que j'en étais persuadé alors. Si elle ne s'était pas laissé entraîner par Laborde, s'il n'avait pas déteint sur elle, annihilé en elle toute volonté, tout discernement, tout sens moral, la poussant à lui rabattre des filles et à les menacer, à tenir leur tête quand elles voulaient se soustraire à sa queue, à les forcer à la lécher, à se laisser pénétrer. Je m'obligeais à visualiser cette scène, ces scènes même, je me persuadais en effet qu'il y en avait eu d'autres, que d'autres filles avaient subi ça et n'avaient pas osé porter plainte. Je me forçais à visualiser tout ça dans toute sa crudité. Mais même alors je demeurais incapable de juger, ou de nourrir un quelconque sentiment.

Aujourd'hui je me pose la question. Après tout, il y avait eu un non-lieu. Après tout, je n'avais rien vu, rien appris directement. Je n'avais été témoin de rien. Et je m'étais désolidarisé, j'avais renié sans preuve. Quel enfant étais-je, quel fils étais-je pour haïr ainsi mes parents, les déclarer coupables, les condamner et les fuir ? Au fond, dès le début j'avais choisi mon camp. Même sans en avoir pleinement conscience. Et ce n'était pas celui de ma mère. Sur quel ressentiment ce choix s'était-il fondé ? Sur quelle distance, quel lien défait ? Puis Laetitia avait tout confirmé, m'avait dévoilé le dessous des cartes et je l'avais crue. Je continuais à l'interroger pour la forme, pour vérifier, mais je ne demandais qu'à me laisser convaincre. Je ne demandais qu'à la serrer dans mes bras quand elle s'effondrait et tremblait. Je ne demandais qu'à lui dire que j'étais là, avec elle. Que nous étions tous les deux seuls contre tous. Je ne demandais qu'à m'enfuir avec elle. J'ai eu beau tenter de les enterrer sous des tonnes de déni, ces pensées n'en finissent pas de me poursuivre. Si elle avait tout inventé. Tout fantasmé. Bien sûr il y avait eu le suicide de Celia B. Mais qui me disait qu'elle ne s'était pas tuée parce qu'elle n'en pouvait plus de vivre dans le mensonge, parce que le non-lieu avait sonné la fin de la comédie, l'avait confondue et qu'elle ne pouvait plus vivre avec ça sur la conscience, le mal qu'elle avait fait en accusant ma mère, et Laborde ? Qui me disait qu'elle ne s'était pas tuée pour de tout autres raisons. L'accumulation des emmerdes. Une dépression qui n'en finissait pas. Sa vie pourrie. Qui sait pourquoi les gens choisissent de mettre fin à leurs jours ? Il y avait aussi la lettre, c'est vrai. Mais personne n'en avait lu un traître mot. Personne n'en connaissait le contenu exact. Quelle preuve avais-je que la lecture qu'avait prétendu en faire son mec quand il s'était pointé à la maison lui était fidèle, qu'il ne délirait pas ? Si j'avais cru Laetitia en aveugle, hypnotisé par la fascination qu'elle exerçait sur moi ? Si j'avais abandonné mes parents ? Si j'avais trahi. Si j'avais fondé cette vie sur du sable. Des chimères. Et puis soudain m'apparaît le visage de Camille, et je me remémore nos conversations au téléphone. Ce qu'il m'avait dit depuis son autre bout du monde, les mots qu'il avait prononcés dans son décor de neige et de fleuve si large qu'on croirait une mer. Mais Camille avait quoi, à l'époque ? Quatorze, quinze ans ? Qui me disait que lui non plus n'avait pas fantasmé, déformé, entendu ce qu'il voulait entendre, à un âge où il suait le mal-être et rêvait de foutre le camp. À cet âge où l'on juge en un clin d'œil, où le dégoût nous prend vite face aux frasques des adultes. À cet âge où, quoi qu'on en dise, on est la proie d'un moralisme, d'une pruderie, d'un conformisme sans égaux. Avait-il déserté, lui aussi ? Avions-nous abandonné notre mère ? À l'humiliation, à la honte, au désaveu ? Avions-nous abandonné notre père ? À son amour inconditionnel, sa capacité de pardon ? Étions-nous des monstres ?

La route défilait et je longeais des champs plantés de vaches et de corps de ferme. De temps à autre, un ensemble de blocs rectangulaires et d'enseignes signalaient un groupement d'entreprises aux abords immédiats d'une sortie. Au loin se devinaient des villages, des villes, qu'évoquaient des panneaux marron ornés de dessins pittoresques. De tous ces lieux je ne savais rien. Depuis dix ans je m'étais réfugié tout au bord du pays, en retrait. Et je n'avais pas bougé ou presque. Je roulais vers le passé et plus j'avançais moins il me semblait que c'était le mien, qu'il me constituait. J'ai quitté l'autoroute et me suis enfoncé dans un dédale de zones commerciales et de barres d'immeubles, de supermarchés et de concessions automobiles, de magasins d'ameublement et de fast-food. J'ai quitté la nationale sans réfléchir, sans suivre les panneaux, comme par instinct, comme si c'était chez moi que j'arrivais. Comme si je n'avais rien oublié. Les derniers champs, presque tous mangés désormais, intacts il y a dix ans encore, s'étendant jusqu'à lécher la grande Cité des peupliers, et maintenant aménagés en résidences standard d'un beige rosace uniforme et déjà vieilli, coulant comme du maquillage en traînées noirâtres. La rue qui s'étrécissait près de la gare. Les rangées de maisons serrées qui partaient à l'équerre. On s'enfonçait dans le commun de la ville, mélange de lotissements crépis, de rues bordées de prunus et de pavillons individuels, de petites résidences à quatre ou cinq étages, certaines à loyer modéré d'autres au prix du marché, sans que rien ne les différencie vraiment, petites cités plus ou moins récentes, bâties après qu'on avait fini de croire en l'utopie des grandes, qui tenaient les frontières de la ville et s'étaient d'année en année muées en zones à l'abandon. J'ai roulé jusqu'aux lisières des bois, jusqu'à l'endroit où devait se dresser le fameux ensemble de logements sociaux qui avait fait tant de bruit, suscité tant d'hostilité dans le quartier, fait monter Lucas dans les tours et cristallisé son opposition à Laborde. Je n'avais jamais su ce qu'était devenu ce projet. Laetitia, quand nous en parlions, pronostiquait son abandon. Elle disait il a beau s'en être sorti, mon père est pas complètement con, c'est un stratège. Il sait qu'un doute plane désormais sur tout ça. Que cette affaire y a projeté un genre de lumière. Et qu'il vaudrait mieux pas qu'un juge mette son nez là-dedans. Parce que ce qui se cache derrière tout ça, c'est une bande de vieux potes qui se sont entendus entre eux pour prendre un maximum de pognon et rien d'autre. À coups de surfacturation, de favoritisme, de marchés truqués et de pots-de-vin. Et puis, même si tout le monde ne demandait qu'à croire au complot et à voter encore et encore pour Laborde et sa putain de surface « nationale », son clientélisme pathologique et son côté queutard et macho qui plaît tellement aux hommes et même à certaines femmes, il n'en restait pas moins que dans le quartier il y n'avait plus grand monde pour sauter de joie à l'idée d'accueillir une nouvelle cité et voir des gamins d'origine arabe ou africaine, de confession musulmane en particulier, débouler dans l'école de leurs gamins. Sans compter la chute qu'ils escomptaient du prix au mètre carré dans le secteur. Et tous ces gens, si le projet se faisait, c'étaient des électeurs en moins, et Laborde allait avoir besoin de toutes les voix pour remonter la pente et se maintenir tout là-haut. J'ai roulé encore quelques minutes à la recherche des immeubles en question mais j'ai dû me rendre à l'évidence. Laetitia avait vu juste. Le projet avait été abandonné. Il n'y avait rien. Et le secteur était resté inchangé, si ce n'est que désormais, à l'entrée des blocs de pavillons, on avait posé des barrières et des digicodes, surveillés par des caméras.

J'ai rebroussé chemin et me suis enfoncé dans la ville. Tout était plus petit que dans ma mémoire. Plus étriqué et légèrement décati. Il y avait bien sûr la distance banale du souvenir. Mais aussi, je crois, l'habitude que j'avais prise des grandes étendues, des horizons nets. Un peu avant la montée qui menait à la cité des Bosquets, j'ai tourné vers le lotissement où j'avais grandi. Tout s'y était encore un peu usé. Les maisons avaient mal vieilli, et les arbres des jardins n'avaient jamais vraiment réussi à pousser. Il était encore tôt et les rues étaient désertes. J'ai roulé au ralenti et me suis arrêté devant le pavillon de mes parents. Devant la fenêtre de la cuisine, on avait ratiboisé l'olivier. Je me suis garé sur le trottoir d'en face, trois maisons plus loin. J'ai éteint le moteur et monté le chauffage. Quelque chose me gelait de l'intérieur. Ces rues. Où j'avais joué au ballon, que j'avais parcourues à vélo, à roller. Ces rues qui auraient dû m'émouvoir me glaçaient d'effroi.

Au bout de longues minutes, une femme est apparue dans le rétroviseur. Elle tenait un très jeune enfant dans ses bras. Un garçon un peu plus âgé la suivait. C'était une grande femme brune, très apprêtée. Elle s'est dirigée vers sa voiture, a installé ses gamins à l'arrière et a démarré. Cinq minutes plus tard un homme en costume est sorti. La trentaine. Une petite sacoche à la main. Taille moyenne et corps sec. Il a fermé la porte à clé et s'est éloigné en direction de la rue principale, sans doute pour rejoindre l'arrêt de bus. J'ai démarré et j'ai roulé vers le centre-ville, ou ce qui en faisait office. Un bar-tabac, un petit supermarché, une boucherie, une boulangerie et une place qui accueillait le marché le dimanche et ne servait à rien le reste du temps, une esplanade déserte que le maire avait veillé à ne surtout pas doter de bancs afin d'éviter que des jeunes s'y rejoignent et ne terrorisent les petits vieux, qui demeuraient les derniers à fréquenter l'endroit, les familles préférant se ravitailler aux innombrables Carrefour, Aldi, Dia, Leclerc et compagnie qui longeaient la nationale. Mes parents avaient changé de maison. Peut-être même de ville. Ils avaient été remplacés par un couple muni de deux enfants, portraits crachés de ceux que nous étions vingt ans plus tôt, petite famille modèle et sans histoires presque fondue dans la monotonie pavillonnaire, n'était l'allure de la mère et le contraste qu'elle faisait avec l'environnement où elle se mouvait. Un instant, les voyant, j'avais été saisi de vertige. J'avais eu la sensation de remonter le temps et d'être témoin d'une scène ancienne. De m'être dédoublé et de vivre dans deux époques superposées. Ce n'était pas inhabituel chez moi, je n'étais jamais vraiment présent au présent, tout me paraissait en permanence contaminé par le passé. Mais il m'avait toujours semblé qu'un léger voile séparait ces strates, jusqu'à rendre les choses un peu troubles, étrangement floues, incertaines. Amorties comme par une buée sur une vitre. Là, il n'y avait aucun voile. Je voyais net. J'étais là et je nous avais sous les yeux, ma mère, mon père, mon frère et moi. Tout était si normal et sans équivoque. Une vie sans chausse-trappe, sans secret, sans faux-semblant. Un pavillon de banlieue. Une mère modèle, un père un peu froid, deux frères qui s'épaulent et se chamaillent. Est-ce que ça avait vraiment existé ? Est-ce que ça existait vraiment quelque part ?

2

Sur la façade de la mairie, au-dessus de la grande porte, s'affichait un immense portrait de Jean-François Laborde. Au pied des petits escaliers on avait déposé d'innombrables bouquets de fleurs. Tout était fermé pour la journée. Les services avaient interrompu leurs activités. La plupart des agents avaient dû se rendre à l'enterrement. Près du cimetière, j'ai tourné un peu avant de trouver une place. Des dizaines de voitures étaient garées sur les trottoirs. Je scrutais chaque visage, à la recherche de Laetitia. C'était absurde, bien sûr. Si elle était là, c'était aux côtés de sa famille, de sa mère, de sa sœur, de son frère, parmi les proches et les officiels. La forte mobilisation policière suggérait la présence de personnalités de haut rang. Une foule de badauds se massait vers l'entrée, attendant le cortège des services funéraires. Aucun visage ne m'était familier. Je ne reconnaissais personne mais à quoi m'attendais-je ? Nicolas avait quitté la ville depuis longtemps, il avait fait des études et s'était établi à Paris. Quand nous nous étions séparés il se destinait au design, passait ses journées de cours à dessiner des bagnoles, des équipements de sport, des robots ménagers, toutes sortes d'appareils électroniques. Ses parents se foutaient de lui, avec ses catalogues Conran, ses livres sur Starck et ses revues spécialisées. Eux qui n'aimaient que les vieux trucs chinés dans des brocantes, les meubles et les objets ethniques. Tout ce qui selon eux avait une âme, quelque chose d'humain. Comme si des objets modernes, pourtant pensés, dessinés, fabriqués par des humains en étaient, par principe, dénués. Puis il avait bifurqué vers la littérature et ses pas l'avaient mené loin d'ici. J'imagine qu'il en allait de même pour mes autres camarades. Ils étaient loin ou s'en foutaient. Quand ce n'était pas les deux.

Un frisson d'agitation a parcouru l'assemblée. Tout le monde s'est tourné vers l'entrée du cimetière. Le cercueil, porté par six types en costumes sombres, s'approchait, suivi d'un cortège de robes noires et de manteaux idem. Ils se dirigeaient vers la fosse et au fur et à mesure de leur progression se propageait le nom des personnalités présentes. Il y avait l'ancien Premier ministre dont Laborde avait été le furtif ministre délégué, plusieurs anciens ministres, deux journalistes politiques qui s'exprimaient régulièrement à la télévision. Parmi ces officiels, j'ai aussi reconnu l'ancien directeur du journal qui, dix ans plus tôt, avait publié le fameux article qui avait précédé le non-lieu. Entre-temps il avait changé de crémerie et dirigeait désormais la rédaction d'un hebdomadaire. Je me souviens qu'un soir, à la télévision, commentant l'affaire dans un talk-show il avait minimisé les choses. Selon lui, si vraiment tout cela avait eu lieu, ce n'était en définitive qu'une histoire de cul qui ne regardait personne, et ces filles n'avaient sûrement pas été aussi menacées qu'on le prétendait. Après tout elles étaient deux et il n'avait pas pointé d'arme sur elles, n'avait pas brandi de flingue ni de couteau. Il arrivait parfois dans ce type de soirées que les choses dégénèrent un peu. Enfin soyons sérieux, il n'y avait pas mort d'homme, non ? Un type plus jeune qui lui ressemblait se tenait à ses côtés. Sûrement son fils. Celui-là même qui avait signé le fameux papier. L'ami du grand frère, du fils fidèle, soudé au clan, coûte que coûte. Juste derrière le cercueil, je l'ai reconnu, portrait craché de son père, mâchoire carrée et sourire d'acteur américain, grisonnant doucement dans son costume parfaitement coupé. Il tenait sa mère par le bras gauche. Le sol s'est dérobé sous mes pieds quand mon regard a croisé celui de la jeune femme qui lui tenait l'autre. Un instant j'ai vraiment cru que c'était elle. Parce que c'était elle exactement. Saisie dans l'âge où elle m'avait abandonné quelques années plus tôt. Absolument inchangée et fidèle à mes souvenirs. Figée dans ces mois que nous avions partagés en cavale immobile. Qui s'étaient ouverts ce jour où nous avions gagné la gare Saint-Lazare puis Montparnasse en silence, puis avions pris place dans le train qui nous menait en Bretagne. Ce jour où nous avions à l'issue du trajet marché sous la pluie et suivi la mer jusqu'à R., que nous avions dépassé en longeant les champs plongeant dans la Manche, avant de bifurquer dans les terres et de rejoindre les hauts murs de pierre qui encerclaient la maison où nous avons trouvé refuge, et dont j'ai ignoré pendant plusieurs jours à qui elle pouvait bien appartenir, et si nous étions autorisés à y établir notre campement. J'avais interrogé Laetitia mais elle avait pris cet air mystérieux et hautain qu'elle adoptait parfois, et qui me tenait en respect, me maintenait au bout de la laisse dont elle contrôlait l'emprise à sa convenance. À nouveau, j'ai croisé son regard mais il me transperçait et s'égarait loin derrière moi, dans le cimetière que dominaient de grands chênes, dans le vide où la laissait son chagrin, et alors j'ai compris. J'ai compris que ce n'était pas elle, mais sa sœur. Sa sœur à travers les époques sa quasi-jumelle. J'ai ressenti un soulagement immense. Laetitia n'était pas là. J'ignorais ce qu'elle était devenue, je ne la reverrais sans doute jamais, et n'avais aucun moyen de prendre de ses nouvelles. Mais au moins elle n'avait pas fait marche arrière. Au moins elle n'avait pas reculé, et ainsi tiré un trait absurde sur ces années qui avaient décidé de ma vie, et sur les raisons qui avaient motivé notre fuite. Notre désertion.

Près de la fosse où reposait désormais le cercueil, avant de disparaître sous les pelletées de terre, un micro et des haut-parleurs attendaient quelques discours, divers hommages. Tout le monde s'est approché en silence. Tous ces gens, collaborateurs, simples citoyens de la ville semblaient vraiment affectés, peinés, recueillis. L'ancien Premier ministre a pris la parole. Il avait beau s'être plus ou moins retiré de la vie politique active, traîner au cul un nombre invraisemblable de casseroles et n'avoir échappé que par miracle à la justice, il n'en restait pas moins un genre de vieux sage, écouté et respecté au sein de sa formation politique, et même au-delà. Il n'était pas rare qu'on l'entende à la radio ou à la télévision donner son avis sur telle ou telle mesure, telle problématique. Sa présence avait un effet palpable sur l'assistance. Un genre de courant d'excitation la parcourait. Un bruissement télévisuel. Un crépitement médiatique. Les gens oubliaient un instant la raison de leur présence ici. Ils étaient au spectacle, voyaient « en vrai » toutes ces huiles qui passaient au JT. Et cela satisfaisait quelque chose en eux. Personne n'écoutait vraiment ce qu'il racontait. L'hommage qu'il rendait au fidèle serviteur de l'État, à l'homme au service de son pays et de ses concitoyens, seulement soucieux de l'intérêt général. L'homme de conviction dévoué, d'une droiture incontestable, même si certains avaient cherché en d'autres temps à le salir, sans y parvenir. Et c'est là qu'une voix s'est élevée, provoquant la confusion. Tout le monde s'est retourné pour savoir d'où elle venait. Cette voix qui gueulait, tu parles. Mon cul. C'était une putain d'ordure, ouais. Tout le monde scrutait l'assemblée et à la faveur d'un léger mouvement, un vide s'est créé autour de lui. C'était un grand type aux dents mauvaises, boucle d'oreille à gauche et vieux perfecto élimé, accompagné d'une adolescente voilée, qui semblait terrorisée d'être là, terrorisée et pleine de rage. Je les ai immédiatement reconnus. Ils étaient les dernières personnes que j'avais vues avant de quitter cette ville. Les flics les avaient embarqués alors qu'ils menaçaient ma mère et après ça j'avais rejoint Laetitia à la gare. Des années s'étaient écoulées et il était là à l'enterrement de Laborde, il hurlait et tout le monde s'offusquait autour de lui, tout le monde s'exclamait et on s'est mis à le huer, à lui gueuler de se taire, on ne saisissait presque rien de ce qu'il avait à dire, mais j'en connaissais le contenu. Le suicide de sa compagne, Celia B. Le non-lieu. Ce qu'on avait écrit, dit, exposé d'elle. Laborde et ma mère. Le viol. Il vociférait comme il pouvait tandis que les flics le saisissaient, tandis que d'autres embarquaient sa fille, puis Lydie S., que je n'avais pas remarquée sur le moment, mais qui se tenait en retrait et maintenant se jetait sur un policier. Elle avait pris mille ans, mais portait toujours ces mêmes vêtements improbables, jupe léopard sur leggings flous, gilet en fausse fourrure sur vieux sweat. Les flics ont embarqué les trois trouble-fête devant la foule interloquée, mais au fond à peine émue par l'incident, par ce qu'il signifiait, des années après, alors que l'affaire était close depuis longtemps, alors que Laborde était mort et qu'il n'y avait plus d'embûches à semer sur son passage, de comptes à régler, de pièges à lui tendre, de complot à ourdir en vue de le salir ou de le faire plonger. Alors que Celia B. elle-même était morte depuis dix ans, et que Lucas avait fini par quitter la ville avec sa clique, son pote avocat et le leader de la frange la plus décomplexée d'un parti qui n'était plus aux affaires, tout ce beau monde désormais officiellement implanté dans le Sud-Est où le courant faisait recette, et vivant le reste de l'année dans une de ces banlieues de l'Ouest parisien où ils devaient se fondre dans le décor.

Le calme est revenu et l'ancien Premier ministre a terminé son discours sans laisser transpirer le moindre trouble, comme si rien ne s'était passé, comme si ce type et l'adolescente qui l'accompagnait, les mots qu'il avait prononcés, les accusations qu'il avait proférées, la justice qu'il réclamait n'étaient qu'incidents négligeables. Comme si d'ailleurs rien de tout cela ne lui parvenait, parce qu'il évoluait dans d'autres sphères, un autre monde, une autre réalité, parfaitement étanche. Comme si son regard ne s'arrêtait vraiment que sur ses pairs et englobait le reste de l'humanité dans une masse indistincte à laquelle rien ne le rattachait vraiment. D'autres personnalités politiques ont suivi. Toutes ont dressé le même portrait, d'un homme agréable et charmeur, dévoué et compétent, attentif à chacun, qui avait eu à cœur de maintenir l'ordre et la sécurité dans cette ville nichée aux confins du tissu banlieusard qui parfois s'enflammait. Puis la sœur de Laetitia s'est avancée et elle a lu un poème. Elle tenait à peine sur ses jambes. Le chagrin la dévorait tout entière. À ses côtés, le visage de sa mère s'était tendu. Sur les lèvres de son frère se dessinait un rictus satisfait. Il ne la quittait pas des yeux, comme guettant un faux pas, lui intimant du regard de ne pas déconner, la maintenant aux ordres. Je ne quittais pas la jeune fille des yeux. Sa voix était la même, et jusqu'à ses intonations. À un moment, j'ai vu la mère se raidir un peu plus encore. Elle fixait quelque chose ou quelqu'un, me semblait-il. J'ai d'abord cru qu'un mot dans le poème l'avait gênée, mais ça n'avait rien à voir. Elle adressait des signes discrets à trois grands types en costume, qui ressemblaient à ce qu'ils étaient : des gardes du corps, des gars de la sécurité attachés à la protection de telle ou telle personnalité. Et soudain j'ai compris. La mère fixait une femme qui s'avançait dans l'assemblée, un bouquet à la main. Elle était très maquillée sous la masse de cheveux bruns parfaitement lisses, parfaitement coiffés. Son visage avait quelque chose d'étrange, d'irréel. Il ressemblait plus à un masque qu'autre chose, ça sautait aux yeux, la peau du visage était tirée vers l'arrière, les pommettes et les lèvres bourrées de collagène ou de Botox. Il tentait d'afficher une quarantaine éternelle mais ne montrait plus que les efforts grossiers de la chirurgie pour arrêter le temps. Il ne ressemblait en rien à un visage figé dans sa jeunesse mais, comme tous ceux que le bistouri retouchait, à un visage trafiqué, vaguement monstrueux, déshumanisé. Je ne saurais dire l'effroi qui m'a pris de voir ma mère ainsi. De la voir tout court après toutes ces années, toujours apprêtée et arborant cette allure d'ancien modèle égaré dans la monotonie pavillonnaire, en affichant la silhouette et le port de tête, la façon même de se tenir, de se mouvoir, comme surveillant chacun de ses gestes, entièrement concentrée sur l'effet qu'elle produisait sur les autres, seulement préoccupée de sa propre personne et de ce qu'on pouvait ressentir en la croisant. Engoncée dans son propre fantôme et défigurée, pathétique et risible sous la vague de murmures qui se propagèrent, le ton de réprobation et d'opprobre qui l'accompagna tandis qu'elle fendait la foule et s'approchait de la fosse, pareille à une star déchue sous l'œil des caméras, surjouant le recueillement et l'indifférence, y laissait choir son bouquet, murmurait quelques mots inaudibles avant de faire demi-tour et de regagner la sortie du cimetière, au moment même où le fameux directeur du célèbre hebdomadaire prenait la parole et dressait le portrait de Jean-François Laborde en grand homme. J'ai quitté l'assemblée à mon tour, me tenant à distance et observant ma mère se diriger vers une voiture dont j'ai vu sortir mon père. Mon père dont les cheveux étaient désormais uniformément gris. Mon père beaucoup plus petit et sec que dans mon souvenir, rabougri. Un visage terne dont toute lumière s'était absentée. Mon père comme un tout petit bonhomme allant à la rencontre de ma mère, la prenant par le bras comme si elle menaçait de tomber. Mon père dont le visage, la posture entière, chaque geste trahissaient la soumission, ou le dévouement, je n'aurais su dire, je ne saurais jamais je crois. Ils étaient donc toujours ensemble. Et mon père, des années après, était toujours cet homme-là, qui accompagnait sa femme à l'enterrement de son vieil amant. À l'enterrement de celui qui l'avait entraîné avec elle dans la fange de ces scandales politico-sexuels qui faisaient vomir autant qu'ils excitaient l'ensemble de la société française. Et ma mère était cette amante répudiée, qui parce qu'elle était une femme n'avait pas comme Laborde été lavée par le non-lieu. Qui pour toujours apparaîtrait comme la salope qui avait vampé le grand homme, la courtisane à qui rien n'avait été pardonné, la mauvaise mère que ses enfants avaient fuie tour à tour. Qu'y avait-il de vrai dans tout ça ? Et moi ? À quoi croyais-je au fond ?

J'ai regagné ma voiture et je les ai suivis dans les rues mornes et familières de mon enfance. Le centre-ville et son esplanade absurde, le marché couvert refait à neuf, l'école et sa façade de pierre meulière, le collège en préfabriqué et le club de tennis aux terrains fissurés. Ils se sont garés au pied d'un petit groupe d'immeubles récents, munis de balcons et vêtus en leur sommet d'un toit d'ardoise qui cherchait à signaler un certain niveau de standing. Ils habitaient encore M. Pourquoi, toutes ces années, s'étaient-ils acharnés à demeurer ici ? Pourquoi étaient-ils restés ensemble, dans cette ville, renonçant simplement à une maison devenue trop grande après notre départ pour un appartement au calme, balcon et baie vitrée exposés plein sud, qu'ils avaient dû meubler Roche Bobois ou quelque chose dans le genre, impersonnel et suffisamment onéreux pour faire impression, mais sur qui ? Avaient-ils seulement des amis ? À l'époque où je vivais chez eux, peu de monde venait, à part la famille et encore, beaucoup avaient déjà coupé les ponts. Mon père disait qu'il voyait déjà bien assez ses collègues tout au long de la semaine et ne mentionnait jamais le moindre copain d'enfance, d'études ou de service militaire. Quant à ma mère, elle invitait bien les voisines à partager un thé lorsqu'elles venaient chercher leurs gosses à un de ces goûters qu'elle organisait pour nous faire plaisir, nous occuper et s'occuper elle, les gâteaux à préparer, les boissons à servir, l'ordre à faire régner, tout cela lui donnait un but, un emploi du temps, une contenance, même si cela finissait toujours par lui coller la migraine et l'épuiser, elle ne manquait jamais de nous le reprocher. Mais c'était à peu près tout. Elle ne voyait que rarement ses propres parents et semblait les mépriser. Quant à sa sœur, elle ne lui parlait plus depuis des années, pour des raisons que je n'ai jamais réussi à démêler, même quand je l'ai croisée il y a plusieurs années de cela, et ai tenté de l'interroger à ce sujet.

J'ai roulé lentement tandis qu'ils se dirigeaient vers le hall de leur petit immeuble. À un moment, j'ai cru percevoir un mouvement d'humeur. Ma mère rabrouait mon père et il s'est voûté un peu plus, recroquevillé. Au moment de passer à leur hauteur elle s'est retournée, comme avertie par un genre de sixième sens. Nos regards se sont croisés et je n'y ai entrevu qu'un grand vide. Rien n'y laissait penser qu'elle ait pu me reconnaître. Pas même l'ombre d'un doute. J'ai accéléré et repris la direction du centre-ville.

3

Sur le grand portail était placardée une affiche « À vendre ». J'ai jeté un œil par les interstices qu'aménageaient les gonds entre le mur de pierre et le fer forgé. Tous les volets étaient clos et le jardin à l'abandon. Les herbes hautes mangeaient les massifs, les arrangements paysagers. Ne laissaient plus à l'œil que le spectacle d'un terrain vague dans l'ombre des grands arbres. Plus personne ne vivait là depuis des années. La première fois que j'avais revu Nicolas après ma fuite, sa famille était sur le point de se disloquer. Il avait eu son bac et fréquentait une prépa pour écoles d'arts appliqués. Il nous avait rejoints dans notre refuge en retrait de R. pour quelques jours de vacances et je l'avais trouvé inhabituellement taciturne. Quand nous avions parlé de ses parents, de son frère, de sa sœur, il s'était raidi et après quelques verres nous avait raconté que son père menait depuis des années une double vie. Qu'il avait une autre femme dans une autre ville, et un enfant qu'il voyait de loin en loin, dont il assumait la charge, financièrement du moins. Sa mère l'avait découvert et depuis c'était l'enfer, elle refusait l'idée même que Nicolas puisse rencontrer son demi-frère, qu'elle appelait « le bâtard ». Désormais, ses parents s'engueulaient en permanence, la mère tentait de monter ses enfants contre leur père, les mêlait aux débats, leur intimait de se ranger à ses côtés et de le haïr, ou à défaut de le condamner. Bien sûr elle était blessée. Mais c'était des années de non-dits qui remontaient à la surface. Toutes ces femmes que son mari avait fréquentées sans le moindre remords, se justifiant sur le mode du « mais ça ne compte pas, je n'aime que toi » ou glosant sur l'inanité du concept même de fidélité, rêvant à haute voix d'une société où l'amour libre serait de mise, ou à défaut la polygamie tolérée, invoquant leurs jeunes années hippies, post-soixante-huitardes pour renvoyer sa femme à son raidissement moral, sa crispation sur des valeurs bourgeoises étriquées, noyant le poisson et faisant mine de ne pas faire de différence entre quelques passades et une relation suivie avec une autre femme avec qui il avait eu un enfant. Je savais que tu n'accepterais pas. C'est toi qui m'as contraint à le cacher, c'est toi qui m'as poussé à la clandestinité, clamait-il. J'avais tenté d'interroger Nicolas quant à son sentiment sur tout cela : s'il en voulait à ses parents, c'était surtout de le mêler à leurs histoires, de le prendre à témoin et de se servir de lui tour à tour tout au long de leurs règlements de comptes. Je tombais des nues. Toutes ces années, j'avais tellement idéalisé Nicolas et sa famille, l'ouverture d'esprit, la culture, la tendresse qui régnaient dans cette maison où je trouvais refuge.

Oh tu sais, m'avait-il dit, quand tu venais, c'était la maison du bonheur. Mais tu vois, tout le monde jouait un rôle, tout le monde maintenait l'illusion : derrière la façade tout était plus compliqué. Et pas seulement entre mes parents. Ça l'était aussi pour moi. Et mon frère et ma sœur. Nous sommes les enfants d'une génération seulement préoccupée d'elle-même, tu sais. Toi, Laetitia, moi, nous sommes le fruit du même monde. Ça a pris des tournures différentes mais tout est viscéralement pourri, vicié, fondé sur le faux-semblant et un égocentrisme maladif. Nous n'avons jamais compté. On ne nous a jamais laissé de place. Et le peu que nous avons pris nous a été dénié. C'était ça, grandir auprès de mes parents. C'était n'être jamais à la hauteur. Être soupçonné de ne pas penser suffisamment dès lors qu'on ne pensait pas comme eux. De ne pas être assez curieux dès lors que notre curiosité s'ouvrait sur d'autres domaines que ceux qu'ils avaient définis comme valables. C'était subir leurs grands discours et leur autoglorification permanente en tant qu'êtres, affirmant sans cesse qu'ils étaient ouverts et généreux et cultivés et profonds et sensibles et j'en passe, le clamant comme si ça suffisait à le prouver, et en tant que génération, se morfondant de la mollesse de la nôtre, de notre absence d'idéal et d'engagement, nous bassinant sans cesse avec leur Mai 68 alors qu'ils avaient quoi, quinze ou seize ans à l'époque, revenant sur les années qui avaient suivi et durant lesquelles ils avaient un peu fait les cons comme s'ils avaient vraiment mené une guerre, qui imposait à leur égard un respect et une gratitude éternels. La vérité, c'est que ni moi ni mon frère ni ma sœur ne serions jamais assez bien pour eux, à leur hauteur. Et que c'était ce qu'ils souhaitaient par-dessus tout. Parce qu'ils avaient décidé une fois pour toutes que tout ce qui devait les suivre leur serait inférieur. Les auteurs d'aujourd'hui, les politiques d'aujourd'hui, les mouvements d'aujourd'hui, les révoltes d'aujourd'hui, les films d'aujourd'hui, les chansons d'aujourd'hui, tout serait toujours inférieur, ils ne voulaient même pas en entendre parler, ils avaient peur que ça leur fasse de l'ombre, que ça ternisse leur propre éclat, que ça les oblige à laisser un peu de place à leurs côtés, à envisager même un jour d'être remplacés, de perdre le pouvoir, la mainmise.

Nicolas parlait en boucle, je ne peux restituer qu'une partie du discours qu'il tenait, où se mêlaient le rejet de ses parents et celui d'une génération tout entière. C'était une logorrhée dont le sujet et les enjeux me dépassaient. Dont je ne saisissais pas vraiment le sens mais d'où sourdaient déjà les obsessions auxquelles Nicolas consacrerait désormais toute son énergie. Nous nous sommes peu à peu perdus de vue. Il n'est revenu qu'une fois à R., quelques semaines avant que Laetitia disparaisse de la circulation. Puis nous nous sommes écrit. La dernière fois que nous nous sommes croisés, c'était il y a quatre ans. Nous nous étions donné rendez-vous à Paris, où je m'étais rendu à la demande de Jacques, quittant R. pour la seconde et dernière fois, afin d'assister à la présentation de rentrée d'un éditeur qu'il affectionnait tout particulièrement. Réunion qui n'avait rien d'indispensable mais qui allait me donner, m'avait-il affirmé, l'occasion de prendre l'air. Les parents de Nicolas avaient fini par divorcer. Son frère et sa sœur s'étaient mariés, cette dernière avait même un enfant. Son père vivait avec son autre femme et son fils, il avait pris sa retraite et s'était établi avec eux dans un village perdu du Sud-Ouest, où il faisait mine de se plaire mais s'emmerdait comme un rat mort. J'avais retrouvé Nicolas dans un café du 18ᵉ. Il s'apprêtait à publier son premier roman. À l'instar des deux qui suivirent, et qui firent de lui, eu égard à son très jeune âge, un genre de phénomène, ils consistaient en des charges violentes de jeunes gens contre leurs parents, et à travers eux contre la génération dont ils étaient issus et l'époque dont ils étaient le produit. Les critiques ne savaient pas trop sur quel pied danser, hésitaient sur la case où le ranger, réactionnaire ou moderne, de droite ou de gauche, mais ils appréciaient son style net et coupant, et la dureté rageuse qui sourdait d'entre les pages. Ce jour-là, Nicolas m'avait raconté comme s'il s'agissait d'une bonne blague, d'un genre de potin amusant, qu'il avait récemment fait la connaissance d'un journaliste qui avait des années plus tôt travaillé sur l'affaire Laborde. Le type avait accumulé pas mal d'éléments à charge. Il avait même en sa possession une copie de la lettre qu'avait laissée Celia B. le jour de son suicide. Et rien n'était jamais sorti. Et tu sais pourquoi ? m'avait demandé Nicolas. Parce que le patron de son canard lui avait gentiment conseillé d'enterrer tout ça. D'abord en prétextant que cette affaire était d'ordre privé, une simple histoire de soirée libertine, de jeux sexuels qui dérapaient un peu et qu'il n'y avait pas de quoi en faire un foin. Qui ça intéressait que deux bonnes femmes se soient fait un peu prier pour tailler une pipe et se faire mettre dans un bureau après un cocktail un peu arrosé ? Et devant l'insistance du journaliste avait fini par lâcher le morceau : l'affaire n'intéressait plus personne, Laborde n'était pas assez connu, ça ne faisait pas vendre. Et surtout ça ne valait pas le coup de se fâcher avec lui, qui était un de ses plus prolixes fournisseurs de off et d'informations croustillantes sur le parti dont il était membre, et le mettait régulièrement sur la piste de scoops politiques qui, eux, faisaient recette. Tu vois, je te le dis, une génération pourrie jusqu'à la moelle. Corrompue jusqu'à l'os. Seulement préoccupée de son petit pouvoir, de sa position. De sa propre personne. De sa place et des manières de la conserver. Tout ça sans jamais perdre son ascendant, une supériorité morale ne se fondant sur aucun acte, aucune réalisation.

J'ai regagné ma voiture en me remémorant le rictus de Nicolas, son visage que traversait une amertume nouvelle. Je l'avais connu rayonnant au sein d'une famille aimante, il avait abandonné le design mais publiait un roman chez un grand éditeur, voyait la vie lui sourire, il avait vingt-cinq ans mais quelque chose en lui semblait irrémédiablement déçu, rongé par l'urgence de régler des comptes avec personne et tout le monde. Depuis, j'ai lu ses trois livres. Difficile de dire si je les ai aimés ou non. Je le connaissais trop bien pour pouvoir émettre un jugement. Disons simplement qu'il m'est apparu que Nicolas s'acharnait à généraliser et théoriser la relation complexe qui le liait à ses parents, la difficulté qu'il avait eue à se construire à l'ombre de leurs personnalités dévorantes, à se délivrer de leur regard, de leur emprise, de leurs jugements, de leurs attentes, de leurs goûts, la difficulté qu'il avait encore aujourd'hui à se sentir à la hauteur de leurs attentes, de leur exigence. C'était là une tendance bien connue des romanciers que d'échafauder de grandes théories en partant de l'observation de leur nombril et de son entourage immédiat. Il leur arrivait néanmoins de toucher juste.

J'ai continué à errer pendant des heures dans cette ville où s'était jouée mon enfance, traquant le moment où elle aurait quelque chose à me dire, à me révéler. Guettant l'instant où je m'y sentirais véritablement lié. Mais à travers elle, c'était envers mes parents que je cherchais à éprouver quelque chose, je le savais bien. Un attachement. Une filiation. Une nostalgie. De la pitié. De la honte. De l'amour ou de l'affection. Quelles que soient les formes que cela pouvait prendre.

4

La maison appartenait à son grand-père paternel. Je ne l'ai appris qu'au bout de plusieurs jours. Le vieux Laborde ne portait pas son fils dans son cœur. Il vivait aux États-Unis depuis de nombreuses années, y avait fait l'essentiel de sa carrière de chercheur, ne rentrait en France que pour l'été, et encore : ces dernières années, il sentait ses forces faiblir et rechignait à quitter la Californie pour la Bretagne et la maison de famille héritée de son propre père, une ancienne villa d'armateur, gros cube de granit couronné d'ardoises, percé de fenêtres à croisillons, cernée de pelouses aux arbres gigantesques et de hauts murs de pierre, isolée parmi les champs semés de chevaux et camouflée par une haute futaie. On y arrivait en quittant la route côtière, en abandonnant un peu la dentelle mitée des falaises percées d'anses et de criques. Une petite route de campagne partait en lacet en tournant le dos à la mer. Par instants, à la faveur d'un surplomb, on la voyait s'étendre sous le camaïeu des champs agricoles, se cognant aux landes mangées d'ajoncs et de bruyères, de genêts, de fougères. La bâtisse se nichait dans une épingle encaissée, on ne la voyait apparaître qu'au dernier moment et elle disparaissait au virage suivant. Elle semblait conçue pour se cacher.

Nous y sommes arrivés au bord de la nuit, nos sacs sur le dos, après avoir marché pas loin de deux heures depuis la gare. Laetitia n'avait pas la clé. Mais elle avait eu son grand-père au téléphone. Il lui avait donné sa bénédiction, conseillé d'enfoncer la petite porte percée dans les murs à l'arrière et donnant sur les champs, qui ne tenait plus qu'à peine sur ses gonds rouillés et déchaussés faute de ciment. On pouvait faire autant de bruit que l'on voulait : il n'y avait personne à la ronde. Ensuite il suffisait de contourner la maison, d'insister un peu sur la porte de la cave, de tenter de s'y retrouver malgré la pénombre, de grimper l'escalier et de pousser la porte qui menait à la cuisine. Le tableau électrique était immédiatement sur la gauche. Un double des clés était caché au fond d'une carafe ébréchée. Nous pouvions rester autant que nous le souhaitions. Il resterait muet comme une tombe, n'avait pas parlé à son fils depuis des lustres et ne voyait pas la nécessité de rompre ce silence ni aujourd'hui ni demain. J'ignore comment le vieux Laborde et sa petite fille en étaient venus, au fil des années, à maintenir ce lien complice alors qu'un océan les séparait, et que les ponts avaient été coupés entre son père et son grand-père, sans raison précise, par simple éloignement, rejet mutuel, incompréhension. Comme si les deux vivaient simplement sur deux planètes différentes, ne parlaient pas le même langage, ne partageaient rien. Aucune idée, aucun passé, aucun sentiment. Je comprenais cela. Je comprenais comment on pouvait rompre malgré le socle commun du passé. Comment même un lien filial pouvait s'user, pourrir, jusqu'à ne plus revêtir la moindre signification. Et s'effacer. Purement et simplement. Ils ne s'étaient jamais compris, du reste. Aux yeux du vieux chercheur en génétique, Jean-François Laborde avait gaspillé son intelligence en la bradant pour la vulgarité des ambitions politiques, les sphères du pouvoir et des médias qu'il méprisait de tout son être, au service d'un parti vicié par les affaires, la corruption, les petits arrangements, où personne n'avait plus le moindre souci du bien public, de l'intérêt général. Tout cela le révulsait profondément et il trouvait indigne, quand on avait eu la chance, comme son fils, de bénéficier de tous les privilèges qu'accordait de naître dans un environnement protégé, de gaspiller son temps en le consacrant à autre chose qu'à la connaissance, l'étude, l'élucidation du mystère de nos vies ici-bas. En outre, le vieux Laborde avait dans sa jeunesse épousé les idéaux du gauchisme et n'avait jamais avalé que son fils fasse sa carrière, par opportunisme plus que par conviction, puisqu'à ses yeux l'affaire était réglée, son fils en était totalement dépourvu, n'était mû que par un plan de carrière qui lui avait paru, à la sortie de ses études de sciences politiques (rien que l'expression, l'association des deux mots, le faisait hurler de rire), plus prometteur d'un côté que de l'autre, au service d'un parti dont les idées aussi bien que le personnel lui donnaient la nausée. Et puis il y avait la personnalité même de son fils. Les paroles qu'il affectait de prononcer, les idées qu'il prétendait défendre. Et la manière qu'il avait de le faire. Ce mélange de morgue et de sourires faux jeton, de brutalité et de courbettes sirupeuses. Sa gueule de vieux beau qui se prenait pour Kennedy, sa Rolex et sa voiture de prix, ses costumes sur mesure, son goût pour l'argent et le luxe, alors qu'il n'était en définitive, malgré un passage éclair sous les lambris des ministères, qu'un petit sénateur maire, régnant sur une ville banale de banlieue ordinaire, où il ne s'était résolu à vivre qu'une fois élu, et pour faire taire les critiques pointant du doigt son parachutage, quittant à regret le grand appartement du 7e arrondissement de Paris où Laetitia avait fait ses premiers pas pour une des rares maisons bourgeoises qui se nichaient au centre-ville parmi les pavillons crépis et les jardinets glauques.

Combien de temps avons-nous vécu ensemble dans cette maison ? Combien de semaines, de mois, avant qu'un matin au réveil je ne trouve la chambre vide, comme toutes les autres pièces, les affaires de Laetitia envolées ? Combien de temps y suis-je resté seul encore, seigneur solitaire d'une demeure fantôme ? Les premiers temps nous vivions reclus. Nous n'avions pas de voiture. R. était à presque une heure de marche. Quand je repense à cette période, j'ai toujours la sensation que c'était l'hiver et que nous marchions sous la pluie, griffés par le vent. Pourtant, nous avons dû débarquer au printemps, y passer un été entier avant que l'automne s'abatte en un long ruban de brume, de terre trempée et de tapis d'herbe en éponge, parfum de fumée planant sur la campagne et s'évaporant aux abords des paquets d'algues rejetées dans les sables, lourdes vagues éclatant en boules d'écume, en douche d'embruns qui nous laissaient toujours salés et moites. De l'autre côté de la route côtière on plongeait vers le hameau où je vivais désormais, l'isthme s'échouant en contrebas de la presqu'île, La Perle noire où quelques mois plus tard je prendrais mon premier boulot ici, avant d'y emménager pour un temps : le patron vivait à l'étage et y louait, reconverties en studios, les chambres que ses enfants avaient laissées vacantes en allant étudier à Rennes puis en s'établissant à Biarritz pour l'un, à Grenoble pour l'autre.

Oui, ce devait être au printemps. Le camping était déjà rempli. Et la petite épicerie qui y dépannait les vacanciers, occupant des mobile-homes alignés en surplomb de la longue plage, bordant des eaux glacées lézardées de bancs de sable blanc à marée basse, s'animant en flaques émeraude ou turquoise, se muant en ardoise au fil des éclaircies se succédant à toute allure, était ouverte un jour sur deux. Nous y trouvions le minimum nécessaire. Ne quittions que rarement la zone, empruntant le bus qui reliait le secteur à l'une ou l'autre des villes plus importantes qui l'encadraient, d'un bord à l'autre de la baie. Que faisions-nous de nos journées, de nos nuits ? Je me souviens de longues marches le long de l'eau, de nos corps allongés au milieu des oyats, les yeux collés au ciel toujours changeant. Je me souviens du silence de la maison froide, des meubles anciens et du parquet qui craquait. Des objets maritimes et des bois exotiques. De la bibliothèque immense aux murs couverts de livres où j'aimais me réfugier. Des journées entières que j'y passais à lire, tandis qu'au-dehors le vent s'époumonait, faisait ployer les arbres, vibrer les fenêtres, craquer les murs et la charpente. Le vieux Laborde y avait accumulé une vie entière de lecture. Il avait emporté en Californie l'essentiel de sa bibliothèque scientifique, conservait dans son appartement parisien les essais et entreposait dans cette maison ce qu'il nommait ses « livres de vacances », expression qui recouvrait tout ce qui touchait de près ou de loin au roman et à la poésie. J'y lisais toutes sortes de choses, dans un désordre anarchique, bouchais les trous d'une culture lacunaire, explorais des continents dont ni l'école ni le père de Nicolas ne m'avaient laissé soupçonner l'existence. Je me souviens aussi du grand jardin que je m'échinais à débroussailler, de mes mains griffées en permanence, des ampoules qui éclataient et laissaient la peau à vif, de l'odeur d'humus dont je ne parvenais jamais à me débarrasser vraiment. Parfois, Laetitia disparaissait de longues heures et ne rentrait qu'au milieu de la nuit. Alors, elle se glissait dans mon lit et se serrait nue contre moi, tremblante et gelée, secouée de larmes que rien ne pouvait arrêter. Il nous arrivait de faire l'amour. C'étaient des étreintes désespérées. Des sortes de noyades dont nous sortions épuisés, lessivés, vidés de nous-mêmes. Au matin je me réveillais seul. En général, les jours suivants, elle était d'humeur massacrante et ne m'adressait plus la parole. Puis les choses reprenaient leur cours. Entre dérives sans but au bord des eaux calmées, marches sans fin sur la lande brûlée, les yeux fixant l'horizon lacéré d'oiseaux. Et longues heures passées dans la maison à lire chacun de notre côté. Elle me reprochait de n'être pas drôle. Trop renfermé. Trop raide. Parfois elle tournait en rond, se lamentait sur l'ennui abyssal qui la prenait de vivre là, dans cette maison au milieu de nulle part, avec le fantôme neurasthénique qu'elle s'était choisi comme compagnon d'infortune, ou plutôt qu'elle devait subir, que le sort lui avait imposé. C'est en général ces moments que suivaient ses départs inopinés. D'autres fois nous retrouvions un accord, une évidence, nous étions bien l'un avec l'autre, les choses ne s'envenimaient qu'au moment où je tentais de l'embrasser. Alors elle reculait, se raidissait et me repoussait en hurlant. Non mais ça va pas ? Qu'est-ce qui te prend ? Souvent, dans sa chambre, je la surprenais en train de prier. Il lui arrivait de passer des jours entiers à lire la Bible. Elle affirmait soudain croire, parlait de pureté, d'anges, de transparence. De souillure. Du diable qui se nichait en elle. Elle ne mangeait pratiquement rien. Je devais la forcer. Je savais qu'après les rares repas qu'elle consentait à prendre elle se faisait vomir. Je me disais que malgré tout elle en gardait un peu, même contre son gré. Mais je voyais tout de même son visage se creuser, sa peau pâlir, et combien ses os saillaient quand elle rentrait dans la nuit et qu'elle me laissait la baiser. La baiser comme si elle se laissait punir. Comme si elle cherchait ainsi à s'avilir, à expier quelque chose.

Au milieu de ces semaines, de ces mois, il y eut la parenthèse de l'été. C'est à cette époque que j'ai fini par faire signe à Nicolas, et qu'il est venu passer quelques jours avec nous. Il avait plu sans discontinuer. Nous étions restés terrés dans la bâtisse humide, tentant vainement de donner le change, de maintenir l'illusion. Loin de M., loin du lycée, plus rien ne nous reliait vraiment. Nous n'avions plus grand-chose à partager ni à nous dire. Puis le soleil s'était installé pour de bon. Nicolas était rentré à M. Nous quittions la maison au matin, la serviette sur l'épaule, et ne rentrions qu'au cœur de la nuit. Nous passions nos journées allongés dans le sable, nagions vers le large jusqu'à l'épuisement, nous endormions grillés par le soleil et nous réveillions sous l'averse soudaine. Au soir tombant, des gens de nos âges se regroupaient munis de packs de bière, d'ukulélés, de djembés. Des Allemands, des Hollandais, des Anglais, des Italiens. Quelques Français aussi. Ils lançaient de grands feux et faisaient tourner leurs joints dans la rumeur du ressac. Nous nous tenions en retrait et ils nous faisaient signe de les rejoindre. On me tendait une guitare. Certains dansaient. Laetitia dansait, les yeux dans les étoiles et les bras mimant de grands gestes de pieuvre. Les mecs la bouffaient des yeux. Et c'est dans ces moments-là que je comprenais combien moi aussi je la trouvais belle, combien elle me fascinait, m'aimantait. Dans ces moments-là que je comprenais pourquoi j'étais parti avec elle, et que je ne savais plus démêler ce qui tenait du désir de fuir M. et de celui de la suivre partout où elle irait, de prendre auprès d'elle la place qu'elle consentirait à m'offrir, si incertaine, si infime soit-elle. Je la regardais danser et comme autrefois dans la forêt je voyais des types se rapprocher d'elle et se coller dans son dos tandis que j'éclusais une autre bière, vidais une autre bouteille de vodka, tirais sur un autre joint, jusqu'à sombrer dans des limbes, jusqu'à ne pas les voir s'éloigner dans les dunes, jusqu'à ne plus sentir la morsure affreuse de la savoir en train de se faire baiser par ce putain de Hollandais. Je m'endormais et à mon réveil elle était allongée contre moi et il n'y avait plus personne. Le feu finissait de mourir et nous étions transis de froid. Nous rentrions dans la nuit. Les chauves-souris nous frôlaient. Autour de nous bruissait la nuit saturée d'insectes, de froissements animaux, de couinements de renards.

Et puis un jour elle n'a plus été là. Je n'avais aucun moyen de la joindre. Il y avait longtemps que nous avions jeté nos téléphones aux orties. Je suis passé au camping et personne ne l'avait vue. D'ailleurs la saison finissait et il n'y avait plus grand monde. Je suis passé au restaurant de la plage et là non plus personne ne l'avait même aperçue. J'ai marché jusqu'à R., suivi les falaises, sondé les criques, arpenté chaque plage. J'ai poussé jusqu'à la vieille ville, longé la longue digue, suis entré dans chaque hôtel, chaque bar dont les baies vitrées couvertes de buée donnaient sur la mer où s'échinaient des surfeurs. De l'autre côté des remparts, je suis entré dans les églises, j'ai guetté son visage tremblant dans la lueur des cierges. Sur le chemin du retour j'ai essayé de me concentrer, de rassembler mes souvenirs, j'ai traqué un signe, un détail. M'avait-elle laissé entendre qu'elle souhaitait partir ? Les jours suivants, j'ai traqué les faits divers dans les journaux locaux. Avait-on retrouvé un corps dans un fourré, une chapelle abandonnée ? Avait-on repêché une jeune femme échouée ? Avait-on trouvé des membres disloqués au pied d'une falaise ?

Ce n'est qu'au bout d'une semaine que j'ai trouvé le papier plié qu'elle avait laissé sur le marbre de la cheminée du salon. Comment était-ce possible ? J'avais fouillé la maison de fond en comble. Il n'y avait qu'une réponse acceptable. Elle était revenue en mon absence et avait laissé ce mot. Elle était toujours dans le secteur. Ou ne l'avait quitté que depuis peu. Sur la feuille il n'y avait rien ou presque. Aucune explication. Juste deux phrases. Ne t'inquiète pas pour moi. Prends soin de toi. Juste ça. Elle ne m'a jamais plus adressé le moindre signe. Je n'ai jamais retrouvé le début d'une trace.

À plusieurs reprises, durant les années qui suivirent, j'ai appelé chez les Laborde, j'ai demandé à parler à Laetitia et chaque fois on m'a répondu la même chose, que ce soit la mère, le père ou la sœur : il n'y a pas de Laetitia ici, et on avait raccroché sèchement. D'autres fois, au restaurant, entre deux vagues de clients, je m'étais connecté à Internet, ou plus tard encore à la librairie après que Jacques m'avait embauché. J'avais tapé son nom un million de fois. Mais rien n'était jamais apparu.

5

Je suis resté plusieurs semaines seul dans cette maison. Jusqu'à ce que le patron du restaurant me propose un mi-temps de serveur et, dans la foulée, d'emménager à l'étage, dans le studio qui désormais jouxtait son propre appartement, où il vivait seul avec son chien. J'ai accepté sans hésiter. Laetitia enfuie, je n'avais aucune raison de résider dans la maison de son grand-père. Mais, plus que tout, en dépit de la compagnie des livres, la solitude et son absence me torturaient. Tout me ramenait à elle, à notre fuite, aux semaines, aux mois que nous avions partagés ici, à nos étreintes désespérées, à ses crises d'angoisse, de panique, qui la laissaient exsangue et au bord de la folie, me forçant à la maîtriser jusqu'à ce qu'elle accepte de se laisser bercer comme une enfant, tandis que je murmurais des chansons idiotes et rassurantes à son oreille et baisais ses cheveux. Tout me ramenait à la fascination qu'elle exerçait sur moi, et qui m'avait mené, je m'en rendais compte à présent, à la suivre sans vraiment me poser de questions, à épouser sa colère, à la faire mienne. Elle envolée, que restait-il de tout cela ? Que faisais-je ici, dans cette maison perdue dans le désert agricole, cette demeure en voie d'abandon saturée de silence ? Les doutes m'assaillaient, ne me laissaient aucun répit. C'étaient des pensées qui me semblaient s'imposer de l'extérieur, ne s'accompagnaient d'aucun ressenti, d'aucune implication. Des pensées froides. Devais-je rentrer à M., retrouver mes parents ? Pourquoi les avais-je fuis ? Ma mère était-elle seulement coupable ? Et si oui, de quoi ? De sa propre perversité, de sa violence, de son abus du petit pouvoir dont elle croyait jouir ? De s'être laissé entraîner, manipuler, fasciner par Laborde ? D'avoir perdu pied ? Laborde était-il ce monstre froid mû par la domination, la brutalité et l'impunité que me décrivait Laetitia ? Et s'il l'était, ma mère lui ressemblait-elle pour autant ? J'aurais dû être mieux placé que quiconque pour répondre à cette question. J'étais son fils. J'avais grandi auprès d'elle. Elle m'avait élevé. Comment, après tant d'années passées dans le secret d'un foyer, dans le creux d'une cellule familiale, pouvais-je me révéler à ce point incapable de la saisir, de me la figurer même ? Comment pouvais-je me sentir à ce point étranger à elle, à mon père, à notre propre histoire ? J'en venais à penser que, dans toute cette affaire, c'était moi le plus dérangé, le plus brutal, le plus insensible. Le plus inhumain. Je me disais : même les animaux. Même les animaux ont plus de sens de la famille, plus d'attachement à ceux qui les ont fait naître et les ont élevés que toi.

Si j'ai quitté la maison, c'est aussi que je n'avais plus les moyens d'y vivre. J'étais parti avec le peu d'économies que j'avais accumulées au fil des anniversaires, des Noëls, des petits boulots sur le marché du centre-ville que j'avais assumés les derniers mois, montage et démontage des étals, disposition des marchandises, parfois un coup de main à la vente sur un stand de fruits et légumes. Pour le reste, c'est Laetitia qui payait. Elle était partie avec le magot qu'elle avait amassé à force de faire les poches et les sacs à main de ses parents. Et même quand cette masse d'argent a paru fondre, elle était réapparue comme par enchantement, s'autorégénérant. Où trouvait-elle cet argent ? Quand nous nous baladions en ville, je la surprenais parfois à saluer d'un coup de menton des types un peu louches qui traînaient aux abords des bars. Qui étaient-ils ? D'où Laetitia les connaissait-elle ? Cet été-là, les journaux locaux faisaient leurs gros titres sur le pillage en série de villas de bord de mer. On parlait d'une bande organisée. De cambriolages. De petits trafics. De femmes de ménage, d'aides à la personne, de plombiers, d'électriciens, de menuisiers peu scrupuleux. D'antiquaires et de brocanteurs peu regardants sur l'origine des objets qu'on leur proposait. Régulièrement, au fil des mois, des choses disparaissaient dans la maison que nous occupions. Des tableaux. Des outils de navigation anciens. Des bibelots. Des lampes. De la vaisselle. Un guéridon. Une petite console une fois. J'interrogeais Laetitia et invariablement elle ignorait de quel objet je voulais parler. Participait-elle à tout cela ? J'ai toujours préféré ne pas trop y songer.

Je n'ai pas eu à chercher de travail. Il m'a suffi d'être là au bon moment, réfugié derrière les baies vitrées du restaurant de plage perché sur la dune. La mer hésitait entre l'ardoise et l'aluminium. Dans le ciel passaient des armées de nuages durs et tranchants, compacts et menaçants. Ça filait à toute allure dans le vent sifflant. Parfois la pluie tombait comme du verre, les gouttes crissaient contre les vitres. Simon, le patron du lieu, soupirait dans son coin. On annonçait du beau temps pour le week-end et son serveur habituel lui faisait défaut : le type s'était pété un bras au kitesurf. On ignorait comment il avait fait son compte. Tout ce qu'on savait, c'est qu'à un moment il s'était retrouvé à dériver vers le large sans plus pouvoir revenir. Les pompiers l'avaient récupéré à moitié congelé. J'ai proposé de donner un coup de main. Et ça s'est fait. Le serveur en question en avait pour des mois. Et il n'est jamais revenu. Entre-temps, il était tombé raide dingue d'une fille qui n'était là que pour les vacances, et avait fini par tout larguer pour la rejoindre en Bourgogne, où elle vivait et travaillait à l'année. Quelques jours plus tard, Simon m'a parlé du studio. On s'entendait bien. Il n'était pas bavard et moi non plus. Parfois on se retrouvait seuls dans le restaurant à longueur de journée. La tempête faisait rage et il n'y avait personne pour s'aventurer jusque-là. Il n'y avait que nous parmi les flots bouillonnants, zébrés d'écume, se débattant comme des muscles soumis à des décharges électriques. Parfois, rien ne s'apaisait avant des journées entières. Le restaurant et mon studio à l'étage étaient des abris de fortune, assaillis de toutes parts. La mer grondait si fort qu'on se croyait dans son ventre. Par la fenêtre, les eaux s'épaississaient et tanguaient si violemment que j'en avais la nausée. Tout évoluait dans un nuancier de gris brutal. Puis un matin je me réveillais et tout était étrangement suspendu. Plus rien ne bruissait et le ciel était limpide et neuf. La mer un lac émeraude. Les sables lessivés s'étendaient en grandes nappes blanches jusqu'aux falaises repeintes, dont le vert des fougères et le jaune des ajoncs, le mauve des bruyères pulsaient acides. Les clients revenaient, on installait les tables et les chaises en terrasse. Quelques extras nous rejoignaient le week-end. Plus on filait vers le printemps puis vers l'été, plus l'équipe se renforçait. On fermait de plus en plus tard, on buvait des rhums arrangés avec les clients les moins enclins à regagner leur mobile-home, leurs locations, leurs maisons de vacances. Régulièrement, un groupe venait donner un petit concert. Nous fermions au milieu de la nuit. Dans ces périodes, il m'arrivait de ne pas quitter les lieux pendant des semaines entières. Tout se jouait entre la salle de restaurant et la terrasse, mon studio et la plage en contrebas, où j'allais m'allonger aux heures de pause. La mer où je nageais les yeux ouverts, le regard mangé par un bleu de verre poli. Il y avait aussi ces semaines où le restaurant fermait, au cœur de l'hiver. Simon partait pour tel ou tel pays chaud. Telle contrée à cocotier et mer à vingt-huit. Je restais seul comme sur une île déserte et menacée d'engloutissement. Avec ma paie, je m'étais acheté un scooter et les jours d'accalmie je roulais jusqu'à R. Poussais parfois jusqu'à la vieille ville. C'est ainsi que j'ai fini par entrer dans la librairie de Jacques. Par bavarder avec lui. Le croiser parfois sur la plage qui bordait le havre et qu'épargnaient les vents d'ouest. Me laisser embaucher et quitter le restaurant. Passer le permis. Me payer une voiture. Déménager pour la dépendance rénovée d'un corps de ferme dans le hameau voisin. Rencontrer Chloé et entamer avec elle une relation où je demeurais en surface. Me faire à R. et dans les alentours quelques connaissances avec qui boire un verre de temps en temps, discuter de l'actualité ou du temps qu'il faisait. Mener ce qui avait toutes les apparences d'une vie, sans jamais l'investir tout à fait.

C'est dans les débuts de cette nouvelle période que j'ai repris contact avec mon frère. Il vivait déjà à Montréal. Il avait gardé tant de choses pour lui tout au long de ces années qu'il suffisait que je l'appelle pour que tout ressorte en un flot rageur qui me rappelait Laetitia. Nous parlions de nous voir. Je promettais de le rejoindre au Québec. Il jurait de passer des vacances en Bretagne. Ça ne s'est jamais fait. Nous nous appelons de plus en plus rarement. Souvent je pense à lui et je me surprends à songer que ma place est à ses côtés. Je me dis : nous avons tant à rattraper, même à rebours il serait temps de nous étreindre, de nous serrer les coudes. Je me raconte qu'en le rejoignant je serais peut-être enfin capable de vivre vraiment, de débuter quelque chose.

Quand je pense à lui, c'est un enfant qui apparaît et me serre le cœur. Tête bêche installés sur le canapé du salon en regardant les dessins animés. Dans sa chambre ou la mienne nous murmurant à l'oreille quand notre père nous sommait de monter et de ne plus faire le moindre bruit. Nous chamaillant à l'arrière de la bagnole lors d'un trajet quelconque. Les nuits qu'il passait dans mon lit les derniers temps, alors que je dormais sur le sol, enrubanné dans ma couette, quand il n'en pouvait plus, s'effondrait sous les insultes, les railleries, les rumeurs, ployait sous la honte, ne pouvait plus regarder notre mère en face.

C'est à cette période aussi que j'ai contacté la sœur de ma mère. Elle vivait à Nantes. Je savais que tu m'appellerais un jour, m'avait-elle dit au téléphone. Elle n'avait plus aucun contact avec ma mère. Mais cela datait de bien avant les événements. J'ignore ce qui avait provoqué la rupture, alors. Je me souviens juste qu'à une époque elle nous rendait parfois visite, avec son mari et mes deux cousins. C'était toujours un peu tendu. Les deux sœurs se cherchaient, semblaient s'insupporter réciproquement, ne se plier à ces rendez-vous qu'en vertu d'un genre d'obligation obscure, un devoir familial difficile à remettre en question. Mais ma tante avait suivi l'affaire dans les journaux. Et elle avait été en contact avec Camille, qui bien qu'étant mon cadet avait décidément toujours eu un temps d'avance sur tout. Sur les questions comme sur les réponses. Je l'avais appelée un soir en regrettant aussitôt de l'avoir fait. J'étais saoul. Et comme souvent dans ces circonstances, la paroi de verre qui me séparait de ma propre vie s'effondrait soudain, des sentiments m'assaillaient alors, douloureux et contradictoires, et des questions qui le reste du temps m'indifféraient m'obsédaient soudain. L'énigme de ma mère revenait me tourmenter. Je voulais l'entendre me parler d'elle. Savoir ce que j'ignorais. Ce que je n'avais pas vu. Pas compris. Pas su. Quand bien même il n'y avait peut-être rien à voir, rien à comprendre. Quand bien même il n'y avait peut-être pas d'énigme. Quand bien même il n'y avait peut-être aucun lien à établir entre la mère dont je me souvenais, jouant ou non son rôle de parfaite femme au foyer, et la maîtresse perverse et brutale, sans morale ni limites qu'on avait décrite dans les médias.

Peut-être n'y avait-il rien à comprendre. Peut-être avait-elle pété les plombs. Explosé en plein vol. Lors de l'instruction, les conclusions des experts psychiatriques décrivaient une personnalité tout à fait équilibrée. Laetitia avait eu beau me répéter que tout cela avait été préparé, qu'il ne s'était agi que d'une vulgaire comédie, quelque chose là-dedans ne collait pas. Rien n'avait laissé présager qu'elle s'embarque dans une histoire pareille. Et rien dans la suite n'a jamais acté qu'elle ait pu le faire. Ni son comportement, qui paraissait surtout gouverné par la douleur d'être ainsi diffamée, jetée en pâture, humiliée, et séparée de son amant. Ni celui de mon père, qui devant nous niait même qu'elle ait pu être la maîtresse de Laborde, et continuait coûte que coûte à veiller sur elle et à la protéger. Quand bien même le meilleur moyen de la protéger, de nous protéger, aurait été de déménager et de recommencer notre vie ailleurs, parfaitement anonymes. Peut-être pensait-il que fuir aurait été un aveu. Peut-être aussi l'instruction ne leur en avait-elle pas laissé le loisir, qu'il s'agissait là d'une injonction de la justice. Je n'en sais rien. Je ne me suis jamais renseigné sur ce point. Toutes ces questions se bousculaient dans le vertige de l'alcool. J'ai raccroché en me disant que non, je n'irais pas au rendez-vous que nous nous étions donné. Ça n'en valait pas la peine. Si les années avaient passé, si je menais ma propre vie, et n'avais de ce fait plus aucune raison de me soumettre à une quelconque autorité, j'avais toujours la sensation de me planquer, d'être en cavale. Une partie de moi craignait de voir un jour débarquer mes parents, de devoir les affronter, leur rendre des comptes. Et même si ma tante n'avait plus de lien avec eux, je me méfiais des réflexes absurdes qui régissent les liens familiaux et leur caractère, aux yeux de certains, sacré. Je craignais que, me localisant plus précisément, ma tante ne vende la mèche. Même si je demeurais persuadé que dans cette éventualité rien ne se produirait, que ni ma mère ni mon père ne chercheraient à me revoir. Soit parce qu'ils m'en voulaient profondément. Soit parce qu'ils s'en foutaient complètement. Soit parce qu'ils avaient aussi peur que moi de devoir s'expliquer sur tout ce qui avait précédé. La deuxième hypothèse avait tout de même ma faveur.

6

Je m'y suis finalement rendu. Comme un somnambule. Comme on fait parfois des choses sans en avoir la volonté consciente, subissant une force supérieure et s'y soumettant sans résistance possible. Je l'ai attendue à la sortie de l'hôpital où elle officiait. Service de pédiatrie néonatale. Il était convenu qu'on bavarde un peu dans le café d'en face, juste elle et moi, puis qu'on se rende chez elle où nous attendrait son mari, que je n'avais jamais rencontré : l'homme avec qui elle vivait du temps où les liens avec ma mère n'étaient pas coupés l'avait quittée depuis quinze ans. Il y aurait aussi mes cousins. Un peu plus âgés que moi, ils vivaient dans la région et avaient prévu de dîner chez leur mère pour me voir après toutes ces années. D'eux je ne gardais que des souvenirs flous. Parties de cache-cache et de Playmobil dans ma chambre, de ballon dans la rue devant la maison aux beaux jours. Une piscine gonflable, une fois, dans le jardin de leur pavillon en banlieue ouest, avant qu'ils ne déménagent pour la Loire-Atlantique.

« Ta mère a toujours voulu être regardée, considérée, distinguée. Je ne sais pas. Une part d'elle se sentait exceptionnelle. L'autre manquait d'assurance. Le mélange des deux, c'est qu'elle a toujours été, comment dire, artificielle. Artificielle. C'est un mot bizarre, non ? Je le prononce parce qu'à l'école c'est ce que les autres disaient d'elle. C'est comme ça qu'on l'appelait : l'artificielle. C'étaient juste des mots d'enfants. Mais au fond ce n'était pas mal trouvé. » C'est avec ces mots que ma tante avait commencé à me parler de ma mère. Il n'y a pas eu d'introduction. Aucune transition. Nous nous étions raconté l'essentiel de nos parcours au téléphone. Les choses étaient claires entre nous. Je voulais son avis sur ma mère. Et elle était là pour me le donner. Dans ce café. Installés le long des vitres que cuisait le soleil.

« Très tôt elle s'est mis en tête qu'elle serait une star. Et dans le bled où nous vivions, tu sais, comme elle était jolie et plus grande que la moyenne, qu'elle faisait des manières et s'habillait toujours avec soin, que tous les garçons la reluquaient et assez vite leurs pères idem, personne ne l'a vraiment détrompée. Et puis personne n'aurait osé. Elle était tellement imprévisible. Versatile. D'un instant à l'autre elle rayonnait, sûre de sa supériorité, puis elle se brisait comme une poupée de porcelaine. Un rien la vexait, la blessait, la faisait se sentir moins que rien. Au fond elle était juste capricieuse, je crois. Mais dans des proportions telles que ça ressemblait à un handicap, une pathologie. »

« Ta mère aimait dominer. Elle s'imposait en chef de bande. Décrétait des mises à l'écart, menait des campagnes de dénigrement. Tu sais : un peu comme ces pestes en costume de pom-pom girl dans les séries américaines. Tout le monde voulait être de son côté. Et ceux qu'elle rejetait ou désignait comme indignes étaient écartés par tous. Mais il fallait prendre garde. Même quand on était de son côté, on demeurait sur la sellette. D'un simple geste, elle pouvait vous renvoyer de l'autre côté de la barrière. Elle adorait qu'on l'aime, qu'on l'admire, qu'on la courtise, qu'on lui obéisse. Elle en jouissait, en abusait. »

« Avec moi, elle était le plus souvent odieuse. Me disait que j'étais moche. Sans grâce. Refusait qu'on m'aperçoive à ses côtés dans la rue, au collège, au lycée. Et puis des fois, ça lui arrivait d'un coup, elle se pointait dans ma chambre et jouait avec moi, ou bien se confiait et m'écoutait me confier à elle. Elle avait des crises comme ça, durant lesquelles elle voulait faire des trucs avec moi, regarder des films, écouter des disques. Et puis tout à coup c'était fini. À nouveau elle me regardait de haut. »

« À l'adolescence elle est devenue bêcheuse. Prétentieuse. Insupportable. Du moins, moi, je la trouvais insupportable. Parce que pour le reste, elle était toujours aussi populaire. Tous les garçons la draguaient. Elle méprisait nos parents. Leur vie de merde, comme elle l'appelait. La petite maison, la petite voiture, la télévision, le boulot. Elle disait : ce sera jamais pour moi ce genre de connerie. Je mérite mieux que ça. C'est drôle au final, parce que des années après, c'est exactement la vie qu'elle a menée. Peut-être même plus rangée encore. Plus coincée. Avec ce truc d'aller à la messe. D'être une bonne croyante. D'avoir des principes. Des valeurs. Parce que les parents, ils avaient peut-être une vie banale mais ils étaient heureux, tu vois. Ils avaient des amis, leurs boulots c'était pas passionnant, ils s'en acquittaient juste parce qu'il fallait bien gagner sa croûte, mais pour le reste ils étaient peinards, ils aimaient bien partir chaque été au camping, prendre l'apéro les soirs d'été, enchaîner sur un barbecue, partager des pizzas devant le match, se balader en forêt le week-end. Ils ne demandaient pas plus. Mais pas moins. Et puis, mine de rien, c'étaient des esprits libres, tu comprends. Un peu anars sur les bords. À se foutre de la gueule des curés, des flics, des politiques, des bourgeois. Ils revendiquaient d'être des gens du peuple, d'en avoir la culture. Notre père adorait Brassens. Et Coluche. C'étaient ses dieux à lui. Ses guides. Ta mère détestait tout ça. Je me souviens qu'à une époque, parce que papa dirigeait un petit service dans la boîte où il travaillait, enfin disons juste qu'il avait trois personnes en dessous de lui, elle s'était mise à écrire « cadre supérieur » en face de « profession », au début de l'année, quand les profs nous demandaient de remplir des fiches de renseignements. Cadre supérieur. Tu parles ! Papa l'avait appris et il avait failli en pisser de rire. Je suis même pas cadre, il lui avait dit. Même pas cadre inférieur. Il se marrait. Mais ta mère, ça ne la faisait pas rire. Elle lui a sorti des trucs atroces. Comme quoi elle se sentait humiliée par toute cette médiocrité et tout le bazar. »

« Après son bac, elle s'est inscrite à la fac mais c'était juste en attendant, elle disait. Elle allait postuler au Conservatoire, au cours Florent, faire des castings, se constituer un book, se faire embaucher dans une agence de mannequins. Mes parents lui louaient une chambre à Paris. Bien sûr ils n'en avaient pas les moyens. Elle ne l'a jamais su, mais ils ont pris un crédit pour ça. Ne sont plus partis en vacances. Pour la princesse. Tu le crois, ça ? C'était une autre époque. Quand tu vivais dans un petit bled, comme c'était notre cas, si tu voulais "réussir", tu "montais" à Paris. Seulement, en général, pour ça, tu te trouvais un petit job, tu te débrouillais, surtout si tes parents n'avaient pas les moyens. Mais ta mère, elle avait décrété que non, qu'elle n'aurait pas le temps de travailler pour se payer sa chambre, en plus des études et des castings, des cours de théâtre et de tout le reste. Bon, ça n'a pas duré trop longtemps. Elle s'est maquée avec un type qui se disait artiste, mais du genre artiste dont on n'a jamais lu un mot, entendu une chanson, vu une toile ou aperçu une photo. C'était surtout un fils à papa, qui vivait dans un truc immense du 9e arrondissement. Un truc que lui avaient payé ses parents. Comme ça. Comme ça se fait parfois dans ce monde-là. Je dis ça mais je ne critique pas, ceci dit. Si j'avais eu les moyens de leur payer un bel appart quand ils avaient vingt ans à tes cousins, sûr que je l'aurais fait. À l'époque dans laquelle on vit, c'est toujours ça de pris. Avoir un toit à soi. Une fois pour toutes. C'est une vraie chance. Un vrai luxe. Enfin, tu vois, elle s'était mise avec ce mec et les mois avaient passé, et bien sûr, la fac, elle n'y mettait jamais les pieds, et partout où elle allait elle se faisait recaler. Devant les écoles de théâtre, à chaque casting, des jolies filles qui avaient de l'allure, il n'y avait que ça. Sauf que certaines avaient du talent. Ou avaient bossé dur. Avaient ce qu'il faut pour devenir actrices. À côté d'elles ta mère était fade, transparente. Elle pouvait faire illusion dans notre bled. Elle a pu faire illusion dans votre quartier. Mais le théâtre, le cinéma, tu sais c'est sans pitié. Y a des gens qui ont comme une aura, une vibration, une intensité, une présence, une profondeur. Tu peux rien contre ça. C'est injuste mais c'est comme ça. Alors si, en plus, la fille a dix ans de théâtre dans les pattes, qu'elle est dans les textes jusqu'au cou, qu'elle comprend le sens profond de ce qu'elle doit interpréter, si elle a passé sa vie à écumer les cinémas, les théâtres, à étudier les mises en scène, si elle a bossé, quoi, là le gouffre devient juste infranchissable. Parce que ta mère, tu sais, elle avait décrété ça un jour, qu'elle voulait faire du cinoche ou monter sur les planches, mais elle n'y connaissait rien. Elle n'a jamais rien fait pour. Elle voulait juste être une "star". Et que ça lui tombe du ciel. Du coup, elle s'est recentrée sur le mannequinat. Mais là non plus, ça n'a pas vraiment marché. Le seul truc qu'on lui proposait, c'était de poser à poil ou en sous-vêtements, parce que c'est sûr elle était bien faite, mais elle a refusé. Elle avait sa dignité, elle disait. Un jour elle a eu un coup de bol. La fille qui devait faire un shooting pour La Redoute s'était pété une jambe. Le photographe était un pote de son mec. Il fallait trouver une remplaçante au pied levé. Il l'a appelée. Ils ont fait la séance. Ça a servi à plusieurs catalogues. Et puis basta. Après ça, plus rien ou presque. Un truc pour Prisunic l'année suivante. Mais je ne sais pas. Apparemment, elle ne convenait pas vraiment. Même pour ça. Les photographes la trouvaient trop raide. Les mecs de la publicité la trouvaient trop empruntée, trop hautaine. Trop artificielle. Alors que pour ce genre de truc, Prisunic, La Redoute, il fallait des belles filles, mais des filles naturelles. Ta mère disait : je suis trop sophistiquée pour eux. Le problème, c'est que quand elle tapait plus haut, chez les couturiers, les agences prestigieuses, on ne lui ouvrait même pas la porte. Du coup, elle a rechangé son fusil d'épaule. Elle est repartie vers le cinéma. Elle a chopé un petit rôle dans une série B. Fallait montrer un peu ses nichons. Elle l'a fait. Mais même là, ça n'a pas marché. Elle était juste mauvaise. Incapable de jouer juste. Même pour des films aussi nuls et débiles, elle était trop mauvaise. Au même moment elle a tourné cette pub qu'on a vue à la télé pendant un an. Mais on ne lui en a jamais proposé d'autre. Après ça, je crois qu'elle est tombée dans un trou. Avec son mec, ils se prenaient pour des artistes, mais ça voulait surtout dire : vivre comme ils croyaient que vivaient ces gens-là. Je crois que parfois les soirées finissaient un peu bizarre. Je dis ça parce qu'à l'époque il lui arrivait de me dire de passer chez eux.

J'étais en médecine. Avec deux copines on partageait une coloc. Je bossais tout le temps. Elle insistait en se moquant de moi, et de ce qu'elle appelait ma vie de nonne. Il m'arrivait de céder. De me pointer dans leurs trucs. Je m'éclipsais quand je commençais à sentir que ça allait partir en vrille. Et puis son mec l'a larguée. Il s'est maqué avec une actrice. Une vraie. Et elle s'est retrouvée sans rien. Sans boulot, sans argent, sans appartement. Alors, elle est rentrée chez les parents. Tu imagines ? C'est à cette époque qu'elle a rencontré ton père. Je ne sais pas comment, au juste. Je sais juste qu'il disait toujours que quand il l'avait connue, elle était à ramasser à la petite cuiller. Qu'il fallait tout reconstruire. Que cette vie bizarre l'avait abîmée, fragilisée. Qu'il lui fallait de la stabilité. Un environnement calme. Une vie saine. Normée. Des projets. Une maison. Des enfants. À cette période, elle prenait des tas de médicaments. Elle faisait tellement de crises à la maison que mon père avait fini par la traîner chez le psy. Ça ne devait vraiment pas être la joie, pour qu'il en arrive là. Parce que mon père et les psys, tu vois, ce n'était pas vraiment l'amour fou. Il les tenait, en gros, pour des genres de charlatans. Mais quand même, le médecin avait parlé de tendances maniaco-dépressives, de terrain bipolaire, avait prescrit des médicaments pour la stabiliser. Disait qu'il fallait qu'elle évite les excès, les émotions fortes, les situations fragilisantes. »

« La suite, en gros, tu la connais. Ton père a trouvé ce boulot à Paris. Ils se sont installés à M., ta mère est tombée enceinte et tu es né. Et puis après il y a eu Camille. À peu près au même moment, elle a fait sa crise de foi. Ou en tout cas l'a prétendu. Je suppose que ça manquait à sa nouvelle panoplie de mère au foyer modèle, bourrée de valeurs et de sens de la mesure. Avec vous, elle était, comment dire : appliquée. Elle faisait tout ce qu'il fallait mais, je ne sais pas, on avait du mal à y croire. On avait toujours un peu l'impression qu'elle se forçait, qu'elle jouait un rôle. Que les mots qu'elle vous adressait étaient destinés à un public invisible. Tu sais : comme dans le *Truman Show.* Sauf que pour le coup il n'y aurait eu qu'elle à se savoir filmée en permanence. Et personne pour la regarder. Et puis il y avait ces crises. »

J'ai demandé « quelles crises » et ma tante m'a regardé sans comprendre. Elle a hésité un instant. Nous venions d'écluser nos demis et elle a fait signe au serveur de nous remettre la même chose. Le ciel s'était assombri et il allait pleuvoir sur Nantes. « Tu ne te souviens pas ? m'a dit ma tante. Tu étais petit, c'est vrai, mais quand même. Il arrivait que l'armure se fende, et que tout à coup le vernis craque. Et ta mère, ta mère était soudain incapable de faire face. De s'occuper de vous. De rester un instant de plus dans cette maison qui l'étouffait, cette vie qui la bordait de toutes parts, comme une camisole invisible. Elle explosait littéralement. Devenait hystérique. Violente. Hurlait. Pleurait. Vous insultait, vous et votre père. Il arrivait qu'elle le roue de coups. Il encaissait. La ceinturait. Attendait qu'elle s'épuise. Après quoi il l'emmenait dans la salle de bain. Et la poussait sous la douche. La calmait comme ça.

Habillée sous la douche glacée. Pour qu'elle reprenne ses esprits, disait-il. Et puis elle s'effondrait. Une chiffe molle. Désertée de toute énergie. Alors ton père l'amenait à la clinique. Je ne sais pas combien de séjours elle y a faits. Il vous mentait. Je trouvais ça ridicule. Je me disais : ils savent, ils ont tout vu, ils sont assez grands pour comprendre. Pour deviner que leur mère n'était pas à un stage de yoga, une retraite dans un monastère, un stage d'étude des Évangiles, tout ce que votre père inventait pour masquer la réalité. Deux ou trois semaines plus tard, elle revenait. Prétendait rentrer de l'île de Saint-Honorat, du Luberon, de Bretagne, que sais-je. Elle était abrutie de médicaments et d'un calme morbide, comme vidée d'elle-même, transparente et molle. Ne me dis pas que tu ne voyais rien. Que tu croyais à tout cela. » Ma tante répétait ces mots et je n'avais pas de réponse. Je n'avais aucun souvenir de tout cela. De crises prenant de telles proportions. D'absences aussi prolongées. D'être resté des semaines entières avec Camille et mon père. Et les rares fois où l'on m'avait dit que ma mère était en stage ou en vacances chez une amie, une cousine, je m'étais contenté d'y croire.

Quelques jours plus tard, quand j'ai interrogé mon frère, à l'époque où il vivait encore à Montréal et travaillait à mi-temps dans ce bar où je tentais parfois de le joindre, il avait eu cette phrase : mais bon Dieu, Antoine, où étais-tu ? Où étais-tu ?

Nous avons réglé l'addition et je suis monté dans sa voiture. Durant tout le trajet, nous nous en sommes tenus au silence. Je regardais défiler le paysage, tentais de digérer ce que je venais d'entendre, de trier les faits des réinterprétations, des jugements rétrospectifs, de retrancher de ces souvenirs la dose d'aversion réciproque qu'avaient toujours semblé se porter les deux sœurs. Que pouvais-je tirer de tout cela ? Ma tante était sans doute trop versée dans la psychologie de bazar pour ne pas céder à la tentation de dessiner a posteriori des causalités identifiables, un terrain propice, des signes avant-coureurs. Pourtant, il me semblait n'avoir rien appris là d'essentiel. Rien qui expliquât ce que je ne parviendrais jamais à comprendre. Non pas la personnalité de la mère que j'avais connue avant l'affaire. Ni même celle de la femme qui paradait dans tout M., jouissant du pouvoir que lui conférait son statut de maîtresse de Jean-François Laborde. Mais celle, à jamais inconnaissable, de l'étrangère qui avait franchi la ligne rouge, commis l'impensable et s'était avérée prête à tout pour n'en jamais payer le prix.

Ma tante, elle aussi, semblait perdue dans ses pensées. Elle conduisait sèchement, accélérait par à-coups et freinait brutalement, poussait les régimes à leurs limites, ne tenait aucun compte des autres véhicules. Et je ne sais par quel miracle nous avons fini par rejoindre sa maison, à quelques kilomètres de Nantes, au milieu d'une campagne tout à fait plane qui, on le devinait, au fil des kilomètres se muait en marais et finissait par se cogner à une mer que troublait la vase.

7

Il était près de minuit quand je suis arrivé aux abords de la vieille ville. J'étais passé chez moi en espérant que Chloé y serait encore, qu'elle y aurait pris ses aises en mon absence. Elle aimait bien cette petite maison et la cour de gravier blond reliant les corps de ferme. La pente douce des champs plongeant dans la mer, la haie de grands pins qui bordaient la dune puis l'isthme. La longue plage qui s'étendait de la pointe à la presqu'île. Ça la changeait de son petit appartement dans la ville close, bâtie sur l'eau mais s'en méfiant comme de la peste, cernée de remparts doublés de brise-lames, s'abritant des flots jusqu'à les soustraire au regard. Bien sûr, elle n'y était pas. Elle avait fermé les volets, placé la clé sous la grosse pierre près du robinet d'extérieur, ainsi que je le lui avais demandé, je m'en souvenais à présent, je m'attendais à la trouver là alors que je lui avais écrit de tout fermer derrière elle, le mot était toujours sur la cheminée, replié sur lui-même. En le voyant, j'ai cru que c'était elle qui m'avait laissé un message mais, en l'ouvrant, j'avais découvert ma propre écriture, et les informations que j'avais laissées sur le papier, cliniques, sans affect, purement pratiques. Je suis resté un moment dans le silence des murs épais, la vibration des fenêtres et le bruit sourd du vent s'engouffrant dans la cheminée, y pulsant comme un muscle. J'ai jeté un œil au mobilier impersonnel, déjà installé avant que j'emménage pour l'essentiel, au peu d'effets que j'aurais à emporter si un jour je décidais de partir. Où étaient mes propres traces dans cette maison ? Un ordinateur. Quelques livres. Des vêtements tenant dans une valise. C'était à peu près tout. J'étais encore en cavale. Je me planquais. Depuis tant d'années j'étais en fuite. Je m'étais mis entre parenthèses. Et j'y avais mis ma vie avec.

Je me suis garé sous les remparts. La lueur orangée des réverbères réchauffait le gris des pavés, des façades de granit. Quelques clients s'attardaient encore dans certains restaurants. Dans les autres on rangeait les tables. J'ai composé le code de l'immeuble et j'ai grimpé les escaliers étroits. Au fil des étages s'égrenaient les sons habituels. Téléviseurs et couverts entrechoqués, conversations assourdies, pleurs de nouveau-nés. J'ai sonné et rien ne s'est produit. J'ai actionné la poignée et la porte s'est ouverte sur l'appartement presque vide. Il restait peu de traces de Chloé. La plupart des placards avaient été vidés. Les étagères aussi. Je suis ressorti. Un type montait l'escalier, une clé à la main. Il m'a salué. Vous cherchez quelque chose ? La fille, ai-je répondu. Chloé. La jeune femme qui vivait là. Vous savez quand elle est partie ? Le type m'a regardé en plissant le front. Il cherchait à déblayer quelque chose. À réunir ses souvenirs. Je ne sais pas, a-t-il répondu. Je pensais que l'appartement était vide depuis des mois. J'ai dit non, il y avait quelqu'un qui vivait là, une jeune femme. Je l'ai décrite. J'ai précisé qu'elle donnait des cours de voile au centre nautique de R. Le type s'impatientait. Il avait visiblement hâte de rentrer chez lui, à l'étage supérieur. Désolé, je ne vois pas. C'est tout ce qu'il a dit, avant de grimper les dernières marches qui le séparaient de son appartement.

J'ai quitté l'immeuble et me suis précipité vers la place pavée où s'alignaient des hôtels, des brasseries, des bars où nous avions nos adresses. Aux terrasses clairsemées, derrière les comptoirs, j'ai guetté une connaissance, un serveur qui avait l'habitude de nous voir, connaissait nos goûts et ne manquait jamais de nous offrir un petit quelque chose à grignoter quand nous venions prendre un verre, une Caïpi pour Chloé, un Islay pour moi. Je n'ai reconnu personne. Peut-être parce que c'était dimanche. Certains établissements laissaient leur personnel prendre un congé ce jour-là, histoire qu'ils puissent profiter de leurs amis, de leurs familles, et embauchaient des étudiants pour des extras. Simon le faisait par exemple. Même avec moi il le faisait. C'est comme ça que j'avais passé des journées entières à bouquiner, planqué sur la plage du havre, protégé du vent et me réchauffant au contact des rochers. Comme ça que je m'étais lié à Jacques.

Le lendemain, avant de me rendre à la librairie, je suis passé au centre nautique. Le type à l'accueil ne savait rien. Il effectuait un remplacement pour quelques jours, il avait juste un planning avec les horaires et le nom des moniteurs pour la semaine, les tarifs de location et les horaires de marée. Je lui ai demandé d'y jeter un œil, et de vérifier si une certaine Chloé était prévue au programme. La réponse était non. J'ai marché jusqu'à la plage. Dans le petit Algeco blanc, des nuées de gamins se mettaient en tenue, enfilaient des gilets de sauvetage pardessus leurs polaires. Pendant ce temps, sur le sable, un moniteur tirait des Hobie Cat vers la mer. Je ne l'avais jamais vu ici. Je me suis dirigé vers lui. Il ne savait rien, lui non plus. D'habitude, il donnait des cours sur la plage de la vieille ville, on l'avait appelé le matin même pour lui demander de prêter main-forte ici, il remplaçait quelqu'un, mais ignorait qui. Je l'ai remercié, me suis assis un instant sur un rocher mangé de lichen. Des coquillages s'y collaient depuis si longtemps qu'ils semblaient changés en pierre. Je n'avais pas dormi de la nuit. J'étais dans un état étrange, quelque part entre la ouate et le papier de verre, ou à la conjonction des deux. Tout me paraissait irréel. Le départ soudain de Chloé. Son appartement vide. Son absence dont personne ne semblait s'apercevoir. Pareille à ma propre fuite. Une cavale sans personne à mes trousses. Sans que personne ne se soucie jamais de me chercher. De me retrouver. Même Nicolas, à l'époque, n'avait rien tenté. Il me l'avait avoué quand nous nous étions revus. Il s'était dit : il finira bien par réapparaître, et n'était pas allé chercher plus loin.

J'ai rejoint la librairie. Jacques était là. Il avait déjà ouvert et se tenait près de la caisse, penché sur un livre, une tasse de thé à la main. Je l'avais pourtant assuré de ma présence à l'ouverture. Il m'a souri, presque étonné de me voir. Je n'étais pas vraiment sûr que tu reviennes, m'a-t-il dit. Puis il m'a désigné une enveloppe. Il y a un mot pour toi. J'ai ouvert et Chloé écrivait qu'elle partait. Elle ne précisait pas où. Elle avait trouvé un autre travail, quitté l'appartement. Elle avait essayé de m'en parler, disait-elle, mais n'y était pas parvenue. N'avait jamais trouvé le moment. La force. Je n'étais jamais là. Jamais vraiment là de toute façon. Et ces derniers temps moins que jamais. Je lui avais paru si troublé, préoccupé, reclus en moi-même. Elle me ferait signe dans quelques jours. En attendant elle me demandait de ne pas chercher à la joindre. Elle avait besoin de temps, de réfléchir. De faire le point. Elle finissait sur ces phrases : ne t'en fais pas pour moi. Prends soin de toi. C'étaient les mêmes mots. Les mêmes mots exactement. Ceux que Laetitia avait employés quelques années plus tôt, me laissant seul dans la maison d'armateurs de son grand-père, au milieu des champs gelés, terre dure comme de la pierre, talus étincelant sous la mince couche de givre.

8

Le taxi fendait la nuit d'entrepôts et d'enseignes lumineuses. Tout semblait plus dense, plus solide. Plus ample aussi. Inexplicablement, dès que j'étais sorti de l'aéroport, tout s'était élargi. Comme si la texture de l'air elle-même était plus légère, moins compacte, facilitait la circulation, le mouvement. Autour de nous filaient des Dodge, des bagnoles toutes plus grosses les unes que les autres. Le chauffeur m'a demandé si c'était la première fois que je venais, combien de temps je comptais rester. Oui et je ne sais pas. Ce furent mes réponses. Il a dû penser que les Français étaient décidément fidèles à leur réputation. Hautains. Fermés. Tirant la gueule. Il a tout de même tenté de me faire un peu la conversation. Son accent était si prononcé, certaines de ses tournures si locales qu'il m'arrivait de ne pas saisir des phrases entières. Je lui ai demandé de me laisser à l'entrée de la vieille ville. Le restaurant était dans les parages. J'avais réservé dans un petit hôtel juste à côté. Le site indiquait que depuis les chambres on pouvait voir le château et le fleuve déjà large et courbe, préfigurant un estuaire pourtant lointain. Je me suis d'abord rendu dans le restaurant. Même suspendue en surplomb du fleuve, dominant des rues plus récentes, résolument nord-américaines, plan tiré à la règle, même se cognant aux rues résidentielles où s'alignaient des grandes maisons de bois dotées de galeries et de bow-windows, de pelouses sans barrières et couvertes de feuilles d'érable, la vieille ville de Québec ressemblait étrangement à celle que je venais de quitter.

Quelques jours après mon retour au hameau, après que Jacques m'a tendu la lettre de Chloé, j'ai rempli une valise. Dans la petite maison, je n'ai laissé qu'un matelas et les quelques meubles trouvés en emménageant. Un brocanteur est venu récupérer ce qui pouvait l'être. Quelques étagères, des lampes, un réfrigérateur, la chaîne hi-fi, la plupart des livres. J'ai bazardé le reste à la déchetterie. Le tout tenait dans un coffre de voiture. J'ai fermé les volets, laissé les clés sous la pierre près du point d'eau. À la poste, j'ai envoyé une enveloppe adressée au propriétaire. Elle contenait ma lettre de résiliation du bail et un chèque correspondant au montant des mois de préavis amputé de la caution versée à mon arrivée. Je suis passé saluer Jacques une dernière fois. Il était un peu triste de me voir partir, mais heureux. Heureux que je me décide enfin à faire quelque chose de ma vie. Même si c'était fuir. Partir loin. Sans aucune idée de la suite. Il m'a donné l'adresse et le téléphone de deux amis libraires qu'il avait rencontrés à l'occasion de manifestations franco-québécoises. Si j'avais besoin d'aide, je n'avais qu'à les contacter de sa part. Qui sait, ils auraient peut-être un boulot à me proposer. Je me suis mis en route. Une dernière fois j'ai longé le havre, suivi l'itinéraire de bord de mer jusqu'à la nationale, d'abord bordée par les champs plongeant dans l'aber, puis s'enfonçant dans les campagnes agricoles. J'ai roulé d'une traite.

Arrivé à l'aéroport, j'ai garé la voiture dans le premier parking souterrain. J'ai laissé les clés sur le tableau de bord. Le ticket de parking. Elle ne valait plus grand-chose. Je n'en avais plus usage. Si quelqu'un en voulait, il n'aurait qu'à se servir. Ça ne lui coûterait que le prix du stationnement. En tout cas, c'est ce qu'il me plaisait de croire. Même s'il était plus probable qu'au bout de quelques semaines la fourrière vienne l'enlever et l'emmène finir sa vie à la casse. Quatre heures plus tard, j'étais dans l'avion. Dans la soute, une valise contenait ma vie entière. Dans mon portefeuille, ma carte bancaire me connectait à un compte où une fois débités le prix du billet d'avion, ma première nuit d'hôtel et les deux loyers réglés à mon propriétaire me resterait de quoi tenir deux ou trois mois, à condition de trouver un hébergement pas trop coûteux. Deux, trois mois, ça me semblait bien. Ça me paraissait suffisant. Après, on verrait bien. Je ne comptais pas rentrer en France. C'est tout ce que je savais.

Je suis entré dans le restaurant et il n'était pas là. Il ne travaillait pas ce soir, m'a appris la serveuse en poste, une grande fille aux cheveux rouges coupés court, un piercing accroché à la narine droite. Son débardeur laissait apparaître un tatouage bleu et noir. Est-ce que je souhaitais manger quelque chose tout de même ? Elle avait ce grand sourire et cette voix solide, saturée d'enthousiasme et d'énergie dont j'apprendrais qu'ils étaient de mise ici, où qu'on aille. Une sorte de cordialité souriante, amicale, bourrée de santé, une sympathie démonstrative d'une sincérité dont un Français dans mon genre ne pouvait que douter. Elle m'a rapporté un plat de frites recouvertes de fromage accompagné d'une bière. La portion était gigantesque. Je n'ai pas réussi à en avaler le quart. Avant de repartir je lui ai demandé si elle savait où je pouvais trouver Camille. Elle a d'abord pris un air suspicieux. Puis a semblé rassurée quand je lui ai dit que j'étais son frère.

C'était une maison large et couverte de bardeaux de bois. Quatre marches menaient à une petite galerie couverte, où se balançait doucement un rocking-chair en rotin, en face d'un canapé en cuir défoncé. Près de la porte un cadran affichait les six sonnettes reliées aux six appartements en quoi la maison avait dû être découpée des années plus tôt. L'université était à quelques pas. On l'apercevait au loin, sur la droite de la large avenue d'où partaient à angle droit des rues amples et arborées, alignement de maisons cossues précédées de carrés de pelouse où filaient des écureuils. J'ai sonné au hasard. J'ai demandé si Camille habitait là. Deuxième droite. La porte s'est ouverte et j'ai grimpé l'escalier de bois lasuré. Il n'a même pas demandé qui j'étais. Il le savait. Sa collègue l'avait prévenue. J'ai toqué au bois de la porte. J'ai respiré profondément. Mon frère allait m'ouvrir. Je ne l'avais pas vu depuis dix ans. Nous avions tant à rattraper. J'avais tant à rattraper. Une vie entière, me semblait-il. Cette vie dont, aussi loin qu'il m'en souvienne, je m'étais absenté. Il était temps de revenir. Il était temps de commencer à vivre. La vie n'est pas passée, me répétais-je. La vie n'est pas passée. La vie n'est pas finie. Elle n'a même pas commencé.

Mise en page par Meta-systems
59100 Roubaix

CET OUVRAGE
A ÉTÉ ACHEVÉ D'IMPRIMER
SUR ROTO-PAGE
PAR L'IMPRIMERIE FLOCH
À MAYENNE EN DÉCEMBRE 2015

N° d'édition : L.01ELJN000722.N001. N° d'impression : 89038
Dépôt légal : janvier 2016
Imprimé en France